Chesil Beach

Ian McEwan

Chesil Beach

Traducción de Jaime Zulaika

EDITORIAL ANAGRAMA

BARCELONA

Título de la edición original:
On Chesil Beach
Jonathan Cape
Londres, 2007

Ilustración: © lookatcia

Primera edición en «Panorama de narrativas»: febrero 2008
Primera edición en «Compactos»: enero 2009
Segunda edición en «Compactos»: febrero 2009
Tercera edición en «Compactos»: abril 2009
Cuarta edición en «Compactos»: marzo 2011
Quinta edición «Compactos»: junio 2012
Sexta edición «Compactos»: octubre 2013
Séptima edición «Compactos»: junio 2015
Octava edición «Compactos»: septiembre 2017

Diseño de la colección: Julio Vivas y Estudio A

© De la traducción, Jaime Zulaika, 2008

© Ian McEwan, 2007

© EDITORIAL ANAGRAMA, S. A., 2008
   Pedró de la Creu, 58
   08034 Barcelona

ISBN: 978-84-339-6006-1
Depósito Legal: B. 16618-2017

Printed in Spain

Liberdúplex, S. L. U., ctra. BV 2249, km 7,4 - Polígono Torrentfondo
08791 Sant Llorenç d'Hortons

A Annalena

1

Eran jóvenes, instruidos y vírgenes aquella noche, la de su boda, y vivían en un tiempo en que la conversación sobre dificultades sexuales era claramente imposible. Pero nunca es fácil. Acababan de sentarse a cenar en una sala diminuta en el primer piso de una posada georgiana. En la habitación contigua, visible a través de la puerta abierta, había una cama de cuatro columnas, bastante estrecha, cuyo cobertor era de un blanco inmaculado y de una tersura asombrosa, como alisado por una mano no humana. Edward no mencionó que nunca había estado en un hotel, mientras que Florence, después de muchos viajes de niña con su padre, era ya una veterana. Superficialmente estaban muy animados. Su boda, en St. Mary, Oxford, había salido bien; la ceremonia fue decorosa, la recepción alegre, estentórea y reconfortante la despedida de los amigos del colegio y la facultad. Los padres de ella no se habían mostrado condescendientes con los de él, como habían temido, y la madre de Edward no se había comportado llamativamente mal ni había olvidado por completo el objeto de la reunión. La pareja había partido en un pequeño automóvil que pertenecía a la madre de Florence y llegó al atardecer al hotel en la costa de Dorset, con un clima que no era perfecto para mediados de julio ni para las circunstancias, aunque sí plenamente apropiado: no llovía, pero tampoco hacía suficiente calor, según Florence, para cenar fuera, en la terraza, como habían previsto. Edward pensaba que sí hacía calor, pero, cortés en extremo, ni se le ocurrió contradecirla en una noche semejante.

Estaban, por tanto, cenando en sus habitaciones delante de las puertaventanas entornadas que daban a un balcón y una vista de un trozo del Canal de la Mancha, y a Chesil Beach con sus guijarros infinitos. Dos jóvenes con esmoquin les servían de un carrito estacionado fuera, en el pasillo, y sus idas y venidas por lo que, en general, se conocía como la suite de la luna de miel, hacían crujir cómicamente en el silencio los suelos de roble encerados. Orgulloso y protector, el joven acechaba atentamente cualquier gesto o expresión que pudiera parecer satírica. No habría tolerado unas risitas. Pero aquellos mozos de un pueblo cercano trajinaban con la espalda encorvada y la cara impasible, y sus modales eran vacilantes, las manos les temblaban al depositar objetos en el mantel de lino almidonado. También estaban nerviosos.

No era aquél un buen momento en la historia de la cocina inglesa, pero a nadie le importaba mucho entonces, salvo a los visitantes extranjeros. La comida formal comenzaba, como tantas en aquella época, con una rodaja de melón decorada con una sola cereza glaseada. En el pasillo, en fuentes de plata sobre un calientaplatos con velas, aguardaban lonchas de buey asado hacía horas en una salsa espesa, verdura demasiado cocida y patatas azuladas. El vino era francés, aunque no se mencionaba ninguna región concreta en la etiqueta, embellecida por una golondrina solitaria en veloz vuelo. A Edward no se le habría pasado por la cabeza pedir un tinto.

Ansiosos de que los camareros se marcharan, él y Florence se volvieron en sus sillas para contemplar un vasto césped musgoso y, más allá, una maraña de arbustos florecientes y árboles adheridos a un talud empinado descendiendo hasta un camino que llevaba a la playa. Veían los comienzos de un sendero al final de unos escalones embarrados, un camino orillado por hierbas de un tamaño desmedido: parecían coles y ruibarbo gigantescos, con tallos hinchados que medían más de un metro ochenta y se inclinaban bajo el peso de hojas oscuras y de gruesas venas. La vegetación del jardín se alzaba con una exuberancia sensual y tropical, un efecto realzado por la luz tenue y grisácea y una bruma delicada que provenía del mar, cuyo regular movimiento de avance y retirada producía sonidos de débil estruendo y después el súbito silbido contra los guijarros. Tenían pensado ponerse un calzado resistente después de la cena y recorrer los guijarros entre el mar y la laguna conocida con el nombre de Fleet, y si no habían terminado el vino se lo llevarían para beber de la botella a tragos, como vagabundos.

Y tenían muchos planes, planes alocados, que se amontonaban en el futuro nebuloso, tan intrincadamente enredados y tan hermosos como la flora estival de la costa de Dorset. Dónde y cómo vivirían, quiénes serían sus amigos íntimos, el trabajo de Edward en la empresa del padre de Florence, la carrera musical de Florence y lo que harían con el dinero que les había dado su padre, y lo distintos que serían de otras personas, al menos interiormente. Era todavía la época –concluiría más adelante, en aquel famoso decenio– en que ser joven era un obstáculo social, un signo de insignificancia, un estado algo vergonzoso cuya curación iniciaba el matrimonio. Casi desconocidos, se hallaban extrañamente juntos en una nueva cumbre de la existencia, jubilosos de que su nueva situación prometiera liberarles de la juventud interminable: ¡Edward y Florence, libres por fin! Uno de sus temas de conversación favoritos eran sus respectivas infancias, no tanto sus placeres como la niebla de cómicos malentendidos de la que habían emergido, y los diversos errores parentales y prácticas anticuadas que ahora podían perdonar.

Desde aquella nueva atalaya veían claramente, pero no podían describirse el uno al otro ciertos sentimientos contradictorios: a los dos, por separado, les preocupaba el momento, algún momento después de la cena, en que su nueva madurez sería puesta a prueba, en que yacerían juntos en la cama de cuatro columnas y se revelarían plenamente al otro. Durante más de un año, Edward había estado fascinado por la perspectiva de que, la noche de una fecha determinada de julio, la parte más sensible de sí mismo ocuparía, aunque fuese brevemente, una cavidad natural formada dentro de aquella mujer alegre, bonita y extraordinariamente inteligente. Le inquietaba el modo de realizarlo sin absurdidad ni decepción. Su inquietud específica, fundada en una experiencia infortunada, era la de sobreexcitarse, algo que había oído denominar a alguien «llegar demasiado pronto». La cuestión estaba siempre en su pensamiento, pero si bien el miedo al fracaso era grande, mayor era su ansia de éxtasis, de consumación.

A Florence le preocupaba algo más serio, y hubo momentos durante el viaje desde Oxford en que creyó que estaba a punto de reunir el valor de sincerarse. Pero lo que la angustiaba era inexpresable, y apenas era capaz de formulárselo ella misma.

Mientras que él sufría simplemente los nervios convencionales de la primera noche, ella experimentaba un temor visceral, una repulsión invencible y tan tangible como un mareo. La mayor parte del tiempo, a lo largo de todos los meses de alegres preparativos de boda, logró hacer caso omiso de aquella mancha sobre su felicidad, pero cada vez que sus pensamientos se centraban en un estrecho abrazo –era la expresión que prefería–, el estómago se le contraía secamente y sentía náuseas en el fondo de la garganta. En un manual moderno y progresista que en teoría era útil para novios jóvenes, con sus signos de admiración risueños y sus ilustraciones numeradas, tropezó con algunas expresiones y frases que casi le dieron arcadas: *membrana mucosa,* y la siniestra y reluciente *glande.* Otras frases ofendían su inteligencia, sobre todo las referentes a entradas: *No mucho antes de penetrarla...* o, *ahora por fin la penetra* y, *felizmente, poco después de haberla penetrado...* ¿Se vería obligada la noche de boda a transformarse para Edward en una especie de portal o sala a través del cual pudiese él actuar? Casi con igual frecuencia había una palabra que sólo le sugería dolor, carne abierta por un cuchillo: «penetración».

En instantes de optimismo trataba de convencerse de que sólo sufría una forma agudizada de aprensión que acabaría pasando. Sin duda, pensar en los testículos de Edward, colgando debajo de su pene *tumefacto* –otro vocablo horrible–, tenía por efecto que ella frunciera el labio superior, y la idea de que alguien la tocara «ahí abajo», aunque fuera alguien querido, era tan repugnante como, pongamos, una intervención quirúrgica en un ojo. Pero su aprensión no se extendía a los bebés. Le gustaban; algunas veces había cuidado a sus primos pequeños y había disfrutado. Pensaba que le encantaría que Edward la dejase embarazada y, al menos en abstracto, no le asustaba el parto. Ojalá pudiera, como la madre de Jesucristo, llegar por arte de magia a aquel estado de hinchazón.

Florence sospechaba que había en ella alguna anomalía profunda, que ella siempre había sido distinta y que al fin estaba a punto de ser descubierta. Creía que su problema era más grande, más hondo que el mero asco físico; todo su ser se rebelaba contra una perspectiva de enredo y carne; estaban a punto de violar su compostura y su felicidad esencial. Lisa y llanamente, no quería que la «entraran» ni «penetraran». El sexo con Edward no sería el apogeo del placer, pero era el precio que había que pagar.

Sabía que debería haber hablado mucho antes, en cuanto él se le declaró, mucho antes de la visita al párroco sincero y de voz suave y de las comidas con sus respectivos padres, antes de invitar a los invitados de la boda, de confeccionar y entregar en unos grandes almacenes la lista de regalos, de contratar la carpa y a un fotógrafo y de todos los demás trámites irreversibles. Pero ¿qué podría haber dicho ella, qué términos podría haber empleado cuando ni siquiera sabía exponerse la cuestión a sí misma? Y ella amaba a Edward, no con la pasión caliente y húmeda sobre la que había leído, sino cálida, profundamente, a veces como una hija y a veces casi maternalmente. Amaba acurrucarle y que él le rodeara los hombros con su brazo enorme, y que la besara, aunque le asqueaba que Edward le metiera la lengua en la boca, y sin decir palabra lo había dejado claro. Pensaba que era un joven original, distinto a todas las personas que ella había conocido. Siempre llevaba un libro en rústica, por lo general de historia, en el bolsillo de la chaqueta, por si acaso se encontraba en una cola o en una sala de espera. Marcaba lo que leía con un lápiz. Era prácticamente el único hombre que Florence había conocido que no fumaba. Sus calcetines nunca emparejaban. Sólo tenía una corbata, estrecha, de punto, azul oscuro, que llevaba casi a todas horas con una camisa blanca. Ella adoraba su mente curiosa, su leve acento del campo, la inmensa fuerza de sus manos, los giros y virajes imprevisibles de su conversación, su amabilidad con ella y el modo en que sus tenues ojos castaños, descansando en ella mientras hablaba, le hacían sentirse envuelta en una amistosa nube de amor. A los veintidós años no dudaba de que quería pasar el resto de su vida con Edward Mayhew. ¿Cómo podría arriesgarse a perderle?

18

No había nadie a quien decírselo. Ruth, la hermana de Florence, era demasiado joven, y su madre, absolutamente maravillosa a su manera, era demasiado intelectual y quebradiza, una literata anticuada. Cada vez que afrontaba un problema íntimo, tendía a adoptar la actitud pública de una sala de conferencias y a emplear palabras cada vez más largas y a hacer referencias a libros que ella pensaba que todo el mundo debería haber leído. Sólo cuando el asunto formaba un envoltorio bien atado y seguro se relajaba hasta la afabilidad, aunque era raro, e incluso entonces no se sabía qué consejo estaba impartiendo. Florence tenía algunas amigas del colegio y el conservatorio que planteaban el problema opuesto: les encantaban las intimidades y las deleitaban los problemas ajenos. Todas se conocían y estaban demasiado ávidas de sus llamadas telefónicas y cartas mutuas. No podía confiarles un secreto, pero no se lo reprochaba porque ella misma pertenecía a aquel grupo. Ella tampoco habría confiado en ella misma. Estaba sola ante un problema que no sabía cómo abordar, y la única orientación de que disponía era la guía en rústica. En sus tapas de un rojo chillón había dos figuras risueñas cogidas de la mano, delgadas como palillos y con los ojos saltones, torpemente dibujadas con tiza blanca, como por la mano de un niño inocente.

Comieron el melón en menos de dos minutos mientras los mozos, en lugar de esperar en el pasillo, se quedaron de pie al fondo, cerca de la puerta, toqueteándose la pajarita y el cuello apretado y jugueteando con los puños. La inexpresión de su cara no cambió mientras observaban cómo Edward ofrecía a Florence, con un floreo irónico, la cereza glaseada.[1] Pícaramente, ella la succionó de los dedos de Edward y le sostuvo la mirada mientras la masticaba despaciosamente, dejándole ver la lengua, consciente de que al coquetear con él de aquel modo se lo estaba poniendo más difícil a sí misma. No debía iniciar lo que no podría seguir, pero era una ayuda complacer a Edward de todas las formas posibles: no se sentía del todo una completa inútil. Ojalá comer una cereza pegajosa fuera lo único que había que hacer.[2]

Para mostrar que no le turbaba la presencia de los camareros, aunque estaba deseando que se fueran, Edward sonrió al recostarse de nuevo con el vino y llamó por encima del hombro:

—¿No hay más de éstas?

—No, ninguna, señor. Lo siento.

Pero la mano que sostenía la copa de vino tembló al esforzarse en contener su dicha súbita, su

1. En este pasaje el autor juega con otra acepción de *cherry* (cereza), que en sentido figurado significa virginidad. *(N. del T.)*
2. Véase la nota anterior. *(N. del T.)*

exaltación. Florence parecía brillar delante de él, y era encantadora, hermosa, sensual, talentosa y de una bondad increíble.

El chico que había hablado se adelantó para retirar cosas de la mesa. Su colega estaba en el pasillo, junto a la puerta, sirviendo el asado en los platos. No era posible introducir el carro con ruedas en la suite nupcial para servir directamente de él, debido a una diferencia de nivel de dos escalones entre la habitación y el pasillo, a consecuencia de una mala planificación cuando la alquería isabelina fue «georgianizada» a mediados del siglo XVIII.

La pareja se quedó un momento a solas, aunque oían las cucharas que rascaban los platos y a los mozos hablando junto a la puerta abierta. Edward posó la mano sobre la de Florence y dijo en un susurro, por centésima vez aquel día: «Te quiero», y ella le dijo a él lo mismo, y lo dijo de verdad.

Edward se había licenciado en historia en el University College de Londres. En apenas tres años estudió guerras, rebeliones, hambrunas, pestes, la ascensión y caída de imperios, revoluciones que habían consumido a sus hijos, penurias agrícolas, miseria industrial, la crueldad de las élites dirigentes: un desfile vistoso de opresión, desdicha y esperanzas fallidas. Comprendía cuán constreñidas y exiguas podían ser las vidas, una generación tras otra. En la visión grandiosa de las cosas, los tiempos pacíficos y prósperos que Inglaterra estaba viviendo ahora eran

21

insólitos, y dentro de ellos la alegría de Edward y Florence era excepcional y hasta única. En el último año había hecho un estudio especial de la teoría histórica del «gran hombre»: ¿realmente estaba pasado de moda creer que individuos enérgicos forjaban el destino nacional? Su tutor, desde luego, lo pensaba: en su opinión, fuerzas ineluctables impulsaban la Historia con mayúsculas hacia fines necesarios, inevitables, y pronto este tema se estudiaría como una ciencia. Pero las vidas que Edward examinó al dedillo –las de César, Carlomagno, Federico II, Catalina la Grande, Nelson y Napoleón– más bien indicaban lo contrario. Edward había argumentado que una personalidad implacable, un oportunismo y una buena suerte manifiestos podían desviar el destino de millones de personas, una conclusión descarriada que le valió un aprobado y que casi puso en peligro su licenciatura.

Un descubrimiento casual fue que incluso los éxitos legendarios deparaban escasa felicidad, tan sólo una inquietud redoblada, una ambición corrosiva. Aquella mañana, mientras se vestía para la boda (frac, chistera, un profuso asperjado de colonia), había decidido que ninguna de las figuras de su lista podía haber conocido el mismo tipo de satisfacción que él. Su euforia era en sí misma una forma de grandeza. Hete aquí a un hombre gloriosamente realizado, o casi. A los veintidós años ya los había eclipsado a todos.

Ahora miraba a su mujer, miraba las motas intrincadas en sus ojos avellana, aquellos blancos oculares puros, punteados por un destello del más leve azul lechoso. Las pestañas eran gruesas y oscuras, como las de un niño, y también había algo infantil en la solemnidad de su cara en reposo. Era una cara preciosa, con una expresión esculpida que a una luz determinada recordaba a una india norteamericana, una *squaw* linajuda. Tenía la mandíbula fuerte y la sonrisa, amplia y sin doblez, le llegaba hasta los pliegues en los rabillos de los ojos. Era de huesos grandes: algunas matronas habían hecho en la boda comentarios entendidos sobre sus caderas generosas. Sus pechos, que Edward había tocado y hasta besado, aunque nunca lo bastante, eran pequeños. Sus manos de violinista eran pálidas y poderosas, al igual que sus brazos largos; en su época de deportes escolares lanzaba con habilidad la jabalina.

A Edward nunca le había interesado la música clásica, pero ya estaba aprendiendo su jerga tan vivaz: *legato, pizzicato, con brio*. Poco a poco, a fuerza de repetición, empezaba a reconocer y hasta apreciar algunas piezas. Le conmovía en especial una que ella tocaba con sus amigas. Cuando practicaba en casa sus escalas y arpegios, llevaba una cinta en el pelo, un rasgo enternecedor que a él le hacía soñar con la hija que quizá tuvieran algún día. Florence tocaba de una forma sinuosa y precisa, y era famosa por la riqueza de su registro. Un tutor decía que nunca había conocido a una alumna que extrajera un canto más cálido de una cuerda al aire. Cuando estaba delante del atril en la sala de ensayos de Londres, o en su habitación de Oxford, en casa de sus padres, mientras Edward, tendido en la cama, la miraba y la deseaba, ella tenía una postura grácil, la espalda recta y la cabeza erguida orgullosamente, y leía la partitura con una expresión imperiosa, casi altiva, que a él le excitaba. Aquella expresión contenía una gran certeza, un gran conocimiento del camino hacia el placer.

Cuando se trataba de música, nunca perdía el aplomo ni la fluidez de sus movimientos: frotar con colofonia un arco, cambiar una cuerda a su instrumento, reorganizar la habitación a fin de acomodar a sus tres amigos de la facultad para el cuarteto de cuerda que constituía su pasión. Era la líder indiscutida y siempre decía la última palabra en sus numerosas discrepancias musicales. Pero en el resto de su vida era sorprendentemente torpe e insegura, se golpeaba una y otra vez un dedo del pie, derribaba cosas o se daba un coscorrón en la cabeza. Los dedos que sabían ejecutar una doble cuerda en una variación de Bach eran igualmente diestros para volcar una taza de té llena sobre un mantel de lino o para dejar caer un vaso sobre un suelo de piedra. Daba un traspié si creía que alguien la estaba observando: a Edward le confesó que le resultaba un calvario caminar por la calle al encuentro de una amiga situada a cierta distancia. Y cada vez que estaba inquieta o muy cohibida, levantaba la mano repetidamente hacia la frente para apartar un mechón imaginario, con un ademán suave y oscilante que continuaba mucho después de que se hubiese desvanecido la causa del estrés.

¿Cómo podría él no amar a una mujer tan singular y cálidamente especial, tan dolorosamente sincera y consciente de sí misma, una mujer cuyos pensamientos y emociones se veían todos a simple vista, ondeando como partículas cargadas a través de sus gestos y expresiones cambiantes? Incluso sin su belleza corpulenta no habría podido evitar amarla. Y ella le amaba con igual intensidad, con aquella atroz reticencia física. A Edward no sólo se le despertaban las pasiones, exacerbadas por la falta de un desahogo apropiado, sino también sus instintos protectores. Pero ¿de verdad era ella tan vulnerable? Una vez había fisgado en la carpeta de las notas escolares de Florence y había visto los resultados de los tests de inteligencia: ciento cincuenta y dos, diecisiete por encima de la puntuación de él. En aquella época, se consideraba que estos coeficientes medían algo tan tangible como la altura o el peso. Cuando se sentaba a presenciar un ensayo del cuarteto y ella tenía una diferencia de opinión sobre un fraseo, un tempo, una dinámica con Charles, el chelista rechoncho y obstinado en cuya cara brillaba un acné de aparición tardía, a Edward le intrigaba lo fría que podía ser Florence. No discutía, escuchaba con calma y después anunciaba su decisión. Ni rastro entonces del ademán de apartarse un mechón. Conocía su materia y estaba resuelta a dirigir, como debe hacerlo el primer violín. Parecía capaz de conseguir que su padre, bastante aterrador, hiciera lo que ella quería. Muchos meses antes de la boda, el padre, a instancia de ella, había ofrecido un empleo a Edward. Era otro cantar que él lo quisiera realmente o que se atreviera a rechazarlo. Y ella sabía exactamente, en virtud de una ósmosis femenina, lo que necesitaba aquella celebración, desde el tamaño de la carpa a la cantidad de tarta, y la suma que era razonable esperar que pagara su padre.

–Ahí vienen –susurró ella, apretándole la mano para que él no incurriera en otra intimidad repentina. Los camareros llegaban con los platos de buey, el de Edward el doble de alto que el de ella. También traían un bizcocho al jerez, queso cheddar y bombones de menta que depositaron en un aparador. Tras musitar instrucciones sobre el timbre de llamada junto a la chimenea –había que pulsarlo fuerte y no soltarlo–, los mozos se retiraron, cerrando tras ellos con inmenso cuidado. Después se oyó un tintineo del carrito que se alejaba por el pasillo y luego, tras un silencio, un grito o un silbido que bien podía proceder del bar de abajo, y por fin los recién casados se quedaron totalmente solos.

Un cambio de viento o un viento que arreciaba les llevó el sonido de olas rompiendo, como vasos que se hacen añicos a lo lejos. La niebla, al disiparse, revelaba parcialmente los contornos de las colinas bajas que se curvaban hacia el este sobre la línea costera. Divisaron una planicie gris y luminosa que podría haber sido la sedosa superficie del mar, o la laguna, o el cielo: era difícil saberlo. La brisa alterada aportó a través de las puertaventanas entornadas un incentivo, un efluvio salino de oxígeno y espacio abierto que no parecía concordar con el mantel de lino almidonado, la salsa de harina de maíz endureciéndose y los pesados cubiertos de plata abrillantada que cogían con las manos. La cena nupcial había sido copiosa y prolongada. No tenían hambre. En teoría, eran libres de abandonar los platos, agarrar por el cuello la botella de vino, bajar corriendo a la orilla, descalzarse y exultar en aquella libertad compartida. Nadie en el hotel habría querido detenerles. Eran adultos por fin, de vacaciones, libres de hacer lo que se les antojara. En sólo unos años más, jóvenes perfectamente normales harían cosas así. Pero de momento la época les frenaba. Incluso cuando Edward y Florence estaban solos, seguían vigentes mil normas tácitas. Precisamente porque eran adultos no hacían chiquilladas como dejar una cena que otros habían preparado con esfuerzo. Era la hora de cenar, al fin y al cabo. Y ser pueril no era aún honorable ni estaba de moda.

Aun así, a Edward le turbaba la llamada de la playa, y si hubiera sabido cómo proponerlo o justificarlo quizá hubiese sugerido que bajaran de inmediato. Le había leído a Florence en voz alta un pasaje de una guía que explicaba que miles de años de recias tormentas habían cribado y limado el tamaño de los guijarros a lo largo de los veintinueve kilómetros de playa, cuyas piedras más grandes estaban en el extremo oriental. La leyenda decía que los pescadores locales que desembarcaban de noche sabían con exactitud dónde estaban por el tamaño de los guijarros. Florence había propuesto que lo vieran ellos mismos comparando puñados recogidos en puntos separados por un kilómetro. Recorrer la playa habría sido mejor que quedarse allí sentados. El techo, que ya era bastante bajo, parecía más cerca de la cabeza de Edward y seguía acercándose. De su plato se elevaba, mezclado con la brisa marina, un olor húmedo, como el aliento del perro de la familia. Quizá no estaba tan alegre como él se repetía que estaba. Sentía que una presión terrible le estrechaba los pensamientos, le coartaba el habla, y sufría un agudo malestar físico: los pantalones o la ropa interior parecían haber encogido.

Así que si un genio hubiese aparecido en la mesa para concederle su deseo más acuciante, no habría pedido ninguna playa del mundo. Lo único que quería, lo único en que pensaba era en él y Florence tumbados juntos desnudos encima o dentro de la cama de la habitación contigua, afrontando por fin aquella experiencia imponente que parecía tan alejada de la vida cotidiana como una visión de éxtasis religioso, o incluso como la muerte. La perspectiva —¿ocurriría realmente? ¿A él?— le deslizó de nuevo unos dedos fríos por el bajo vientre, y se sorprendió cediendo a un desmayo momentáneo que ocultó detrás de un suspiro satisfecho.

Como la mayoría de los jóvenes de su época, o de cualquier época, sin desenvoltura ni medios de expresión sexual, se entregaba continuamente a lo que una autoridad ilustrada denominaba «placer solitario». Edward descubrió complacido esta expresión. Había nacido demasiado tarde en aquel siglo, en 1940, para creer que estaba dañando su cuerpo, que perdería la vista o que Dios le observaba con una incredulidad severa cuando él ponía manos a la obra cotidiana. O incluso que todo el mundo se lo notaba en el semblante pálido y retraído. De todos modos, un cierto deshonor impreciso gravitaba sobre sus esfuerzos, una sensación de fracaso y desperdicio y, por supuesto, de soledad. Y el placer era en realidad un beneficio secundario. El objetivo era la liberación: de un deseo apremiante y absorbente de algo que no se podía obtener de inmediato. Qué extraordinario era el hecho de que una cucharada creada por él mismo, manando limpiamente de su cuerpo, le liberase la mente de golpe para asumir de nuevo la resolución de Nelson en la bahía de Abukir.

La única y más importante aportación de Edward a los preparativos de boda había sido abstenerse durante más de una semana. Desde los doce años, nunca había sido tan plenamente casto consigo mismo. Quería estar en perfecta forma para su novia. No era fácil, sobre todo de noche, en la cama, o al despertar por la mañana, o en las largas tardes, o en las horas anteriores al almuerzo, o después de la cena, en las que precedían a la de acostarse. Ahora por fin ya estaban allí, solos y casados. ¿Por qué no se levantaba de la mesa, cubría de besos a Florence y la llevaba hacia la cama de cuatro columnas en la habitación de al lado? No era tan sencillo. Su combate con la timidez de Florence era una historia bastante larga. Había llegado a respetarla, a venerarla incluso, tomándola por una forma de coquetería, el velo convencional de una sexualidad intensa. En conjunto, formaba parte de la compleja hondura de su personalidad y atestiguaba la calidad de Florence. Edward se convenció de que la prefería así. No se lo exponía a sí mismo, pero la reticencia de ella convenía a la ignorancia y la inseguridad de él; una mujer más sensual y exigente, una mujer *fogosa*, podría haberle aterrado.

El noviazgo había sido una pavana, un desarrollo majestuoso, delimitado por protocolos no convenidos ni enunciados, pero en general observados. Nada se hablaba nunca; tampoco notaban la falta de conversaciones íntimas. Eran cuestiones más allá de las palabras, de definiciones. El lenguaje y la práctica terapéutica, el intercambio de sentimientos prontamente compartidos, mutuamente analizados, no eran aún de difusión general. Aunque se sabía de ricos que se sometían al psicoanálisis, no era todavía habitual considerarse uno mismo, en términos cotidianos, como un enigma, como un ejercicio de narrativa histórica, como un problema aún por resolver.

Entre Edward y Florence, nada había sido apresurado. Los avances importantes, los permisos tácitamente otorgados para ampliar lo que se consentía ver o acariciar, fueron una conquista gradual. El día de octubre en que él vio por primera vez sus pechos desnudos precedió con mucha antelación al día en que pudo tocarlos: el 19 de diciembre. Los besó en febrero, aunque no los pezones, que rozó con los labios una vez, en mayo. Ella se permitió explorar el cuerpo de Edward con una cautela aún mayor. Los movimientos súbitos o las sugerencias radicales por parte de él podían deshacer meses de buen trabajo. La noche en el cine en que vieron *Un sabor a miel*[1]

1. Película de Tony Richardson (1961), basada en una obra teatral de Shelagh Delaney, en la que una chica hablaba con franqueza de la sexualidad, las madres solteras y otros temas hasta entonces considerados tabú. *(N. del T.)*

y en que él le tomó la mano y se la hundió entre las piernas, las de Edward, retrasó unas semanas el proceso. Ella se volvió no gélida o ni siquiera fría –no era su estilo–, sino imperceptiblemente lejana, quizá decepcionada o hasta ligeramente traicionada. Se distanció de él sin inocularle dudas sobre el amor que ella le profesaba. Finalmente se reanudó el progreso: un sábado por la tarde de finales de marzo en que estaban solos y caía una lluvia pertinaz al otro lado de las ventanas del cuarto de estar desordenado de la minúscula casa de los padres de Edward, en las Chiltern Hills, ella posó la mano brevemente en, o cerca de, su pene. Durante menos de quince segundos, con una esperanza y un deleite crecientes, él la percibió a través de dos capas de tela. En cuanto ella retiró la mano él supo que no aguantaba más. Le pidió que se casara con él.

Edward no habría podido imaginar el esfuerzo que le costó a ella poner una mano –era el reverso– en semejante lugar. Ella le amaba, quería complacerle, pero tuvo que vencer una aversión considerable. Fue una tentativa franca: puede que fuera una iniciativa inteligente, pero Florence carecía de astucia. Mantuvo la mano en el sitio todo el tiempo que pudo, hasta que sintió una agitación y un endurecimiento por debajo de la franela gris del pantalón. Percibió una cosa viva, totalmente distinta de su Edward, y retrocedió. Entonces él hizo la proposición, y en la ráfaga de emoción, entre el júbilo, la hilaridad y el alivio, los abrazos repentinos, ella olvidó por el momento su pequeña conmoción. Y a él le maravilló tanto su propia audacia, y a la vez estaba tan envarado por el deseo insatisfecho, que apenas se dio cuenta de la contradicción en que ella empezaba a vivir desde aquel día, la secreta contienda entre el asco y el júbilo.

Entonces se quedaron solos y en teoría libres de hacer lo que se les antojara, pero siguieron cenando sin apetito. Florence posó el cuchillo, extendió la mano hacia la de Edward y se la apretó. Oyeron la radio abajo, las campanadas del Big Ben al comienzo del noticiario de las diez. En aquel trecho de la costa se recibía mal la televisión a causa de las colinas de tierra adentro. Los huéspedes más mayores estarían en la salita, tomando el pulso del mundo con sus libaciones de antes de acostarse —el hotel tenía una buena selección de whiskies de malta— y algunos hombres estarían llenando las pipas por última vez aquel día. Reunirse alrededor de la radio para oír el noticiario principal era un hábito de la guerra que nunca quebrarían. Edward y Florence oyeron los titulares amortiguados y captaron el nombre del primer ministro y luego, un minuto o dos más tarde, su voz familiar pronunciando un discurso. Harold Macmillan había dado una conferencia en Washington sobre la carrera de armamentos y la necesidad de un tratado de prohibición de pruebas. ¿Quién disentiría de que era una locura seguir probando bombas H en la atmósfera e irradiando a todo el planeta? Pero nadie con menos de treinta años —no, desde luego, Edward y Florence— creía que un primer ministro británico tuviese mucha influencia en los asuntos mundiales. Cada año el imperio se encogía a medida que otros países conquistaban su legítima independencia. Ahora casi ya no les quedaba nada y el mundo pertenecía a los norteamericanos y a los rusos. Gran Bretaña, Inglaterra, era una potencia menor: decirlo producía cierto placer blasfemo. Abajo, por supuesto, opinaban distinto. Cualquiera de más de cuarenta años habría combatido, o sufrido, en la guerra y conocido la muerte en un grado infrecuente, y no creería que un declive hacia la insignificancia fuera la recompensa de tantos sacrificios.

Edward y Florence votarían por primera vez en las siguientes elecciones generales y les ilusionaba la idea de una aplastante victoria laborista tan grande como la famosa victoria de 1945. Al cabo de un año o dos, la generación mayor, que todavía soñaba con el imperio, cedería seguramente el paso a políticos como Gaitskell, Wilson, Crosland, hombres nuevos con una visión de un país moderno donde hubiese igualdad y se hicieran realmente cosas. Si Estados Unidos tenía un exuberante y apuesto presidente Kennedy, Gran Bretaña podía tener algo similar: al menos en espíritu, pues no había nadie con tanto atractivo en el Partido Laborista. Se les había acabado el tiempo a los reaccionarios que libraban todavía la última guerra, aún nostálgicos de la disciplina y las privaciones bélicas. Edward y Florence compartían la sensación de que algún día cercano el país cambiaría a mejor, de que las energías juveniles pugnaban por salir, como vapor sometido a presión, mezcladas con la emoción de su propia aventura juntos. Los sesenta eran su primera década de vida adulta y sin duda les pertenecían. Los fumadores de pipa en la salita de abajo, con sus blazers de botones de plata y sus dobles medidas de Caol Ila y sus recuerdos de campañas en el norte de África y Normandía, y sus restos cultivados de jerga castrense, no podían reclamar el futuro. ¡Es la hora del cierre, caballeros!

La niebla creciente seguía desvelando los árboles cercanos, los desnudos acantilados verdes detrás de la laguna y extensiones de un mar plateado, y el suave aire vespertino envolvía la mesa, y ellos siguieron fingiendo que comían, estancados en el instante por inquietudes personales. Florence se limitaba a desplazar la comida alrededor del plato. Edward sólo comía bocados simbólicos de patata, que cortaba con el canto del tenedor. Sin poderlo impedir, escucharon la segunda noticia, conscientes de lo torpe que era por su parte sumar su atención a la de los huéspedes de abajo. Era su noche de bodas y no tenían nada que decirse. Las palabras indistintas se elevaban desde debajo de sus pies, pero captaron «Berlín» y en el acto supieron que hablaban de la historia que en los últimos días había cautivado a todo el mundo. Era una fuga del este comunista al oeste de la ciudad en un barco de vapor requisado sobre el Wannsee, en que los fugitivos se encogían junto a la timonera para eludir las balas de los guardas del este alemán. Escucharon esta crónica y después, intolerable, la tercera, sobre la sesión final de una conferencia islámica en Bagdad.

¡Uncidos a los sucesos del mundo por su propia estupidez! Aquello no era posible. Era el momento de actuar. Edward se aflojó la corbata y posó con firmeza el cuchillo y el tenedor en el plato.

—Podríamos bajar a escuchar como es debido.

Confió en haber sido gracioso, dirigiendo el sarcasmo a los dos, pero sus palabras brotaron con una ferocidad asombrosa, y Florence se sonrojó. Pensó que la estaba criticando por preferir la radio a él, y antes de que él pudiera suavizar o aligerar su comentario ella se apresuró a decir: «O podríamos tumbarnos en la cama», y se apartó nerviosamente de la frente un pelo invisible. Para demostrarle lo mucho que él se equivocaba, le proponía lo que sabía que él más deseaba y ella más temía. En realidad, habría estado más feliz, o menos infeliz, bajando a la sala para pasar el rato en una tranquila conversación con las señoras en los sofás con estampado de flores, mientras sus maridos seguían atentamente el noticiario, absortos en el vendaval de la historia. Todo menos aquello.

Su marido sonrió, se levantó y extendió la mano ceremoniosamente por encima de la mesa. Él también tenía la tez un poco sonrosada. La servilleta se le adhirió a la cintura un momento, absurdamente colgada, como un taparrabos, y después cayó al suelo a cámara lenta. Ella no podía hacer nada, aparte de desmayarse, y era una actriz pésima. Se levantó y tomó la mano de Edward, segura de que la sonrisa rígida con que le correspondió no era convincente. No le habría servido de nada saber que Edward, en su ensoñación, nunca la había visto más bonita. Más tarde, pensando, recordó sus brazos, delgados y vulnerables, y a punto de anillarse con adoración alrededor de su cuello. Y sus hermosos ojos castaño claro, brillantes de pasión innegable, y el leve temblor en el labio inferior de Florence, que incluso entonces ella mojaba con la lengua.

Con la mano libre Edward intentó coger la botella de vino y las copas medio llenas, pero era muy difícil y le distraía: las copas se entrechocaban y el pie de ambas se le cruzaba en las manos y el vino se derramaba. Optó por agarrar la botella por el cuello. Aun en su estado nervioso y exaltado creyó comprender la reticencia habitual de Florence. Tanto mayor causa de alegría, pues, que afrontaran juntos aquella situación trascendental, aquella línea divisoria de experiencia. Y lo más emocionante seguía siendo que fuese Florence la que había propuesto que se tendieran en la cama. Su nuevo estado civil la había liberado. Sin soltarle la mano, Edward rodeó la mesa y se acercó a Florence para besarla. Pensando que era vulgar hacerlo con la botella en la mano, volvió a depositarla.

—Estás bellísima —susurró.

Ella se forzó a recordar cuánto amaba a aquel hombre. Era amable, sensible, la amaba y no le haría ningún daño. Se acurrucó más fuerte dentro de sus brazos, apretada contra su pecho, y respiró su olor familiar, que poseía una textura como de madera y era relajante.

—Soy tan feliz aquí contigo.

—Yo también soy feliz —dijo ella en voz baja.

Cuando se besaron ella sintió su lengua inmediatamente, tensada y fuerte, pasando entre sus dientes, como un matón que se abre camino en un recinto. Penetrándola. La lengua se le encogió y retrocedió con una repulsión instantánea, dejando aún más espacio para Edward. Él sabía bien que a ella no le gustaba aquel tipo de beso, y hasta entonces nunca había sido tan brioso. Con los labios firmemente prensados contra los de ella, sondeó el suelo carnoso de su boca y luego se infiltró en los dientes del maxilar inferior, hasta el hueco donde tres años antes le habían extraído con anestesia general una muela del juicio que había crecido torcida. Era la cavidad donde la lengua de Florence solía adentrarse cuando estaba abstraída. Por asociación, era más parecida a una idea que a un lugar, era más un nicho privado e imaginario que un vacío en la encía, y se le hizo extraño que otra lengua también entrase allí. Era la punta afilada y dura de aquel músculo ajeno, temblorosamente vivo, lo que la repugnaba. Él le apretaba la palma de la mano izquierda encima de los omoplatos, justo debajo del cuello, y le inclinaba la cabeza hacia la de él. La claustrofobia y la asfixia de Florence crecieron cuando más determinada estaba a evitar a toda costa ofenderle. Él estaba debajo de su lengua, se la empujaba contra el velo del paladar y después encima, aplastándola, para luego deslizarse con suavidad sobre los lados y alrededor, como si creyera que podría hacerle un nudo sencillo. Quería que la lengua de Florence realizase alguna actividad propia, engatusarla para que formasen un horripilante dúo mudo, pero ella sólo acertaba a encogerse y concentrarse en no forcejear, contener las arcadas, no sucumbir al pánico. Tuvo el pensamiento disparatado de que si vomitaba dentro de la boca de Edward el matrimonio quedaría disuelto allí mismo y ella tendría que volver a su casa y explicárselo a sus padres. Ella entendía perfectamente que aquel contacto de lenguas, aquella penetración, no era sino un ensayo en pequeña escala, un *tableau vivant* ritual, de lo que se avecinaba, como un prólogo antes de una vieja obra de teatro que cuenta todo lo que debe ocurrir.

Mientras aguardaba a que pasara aquel momento particular, con las manos descansando en las caderas de Edward, por guardar las formas, Florence comprendió que había topado con una verdad vacua, evidente en retrospectiva, tan primaria y antigua como el *danegeld* o *droit de seigneur*, y casi tan elemental que no se podía definir: al decidir casarse, había dado su consentimiento a exactamente aquello. Había convenido en que era correcto hacerlo y que se lo hicieran. Cuando ella y Edward y los padres de ambos habían entrado en la lúgubre sacristía, después de la ceremonia, para firmar el registro, era en aquello en lo que habían puesto sus nombres, y si a ella no le gustaba, era la única responsable, pues todas sus elecciones del año anterior se iban estrechando hacia esto, y toda la culpa era suya, y ahora sí pensaba de verdad que iba a marearse.

Cuando oyó el quejido, Edward supo que su felicidad era casi completa. Tenía una impresión de ingravidez deliciosa, de estar separado varios palmos del suelo y placenteramente situado más arriba de Florence. Había dolor y placer en el modo en que el corazón parecía elevarse hasta producir un ruido sordo en la base de la garganta. Le emocionaba el tacto ligero de las manos de Florence, no tan alejadas de su ingle, y la docilidad de su cuerpo precioso, envuelto en sus brazos, y el sonido apasionado de la respiración que exhalaban rápidamente las fosas nasales. A Edward le deparó un punto de éxtasis desconocido, frío y agudo debajo de las costillas, el modo en que la lengua de Florence se enroscaba suavemente en la suya y se la empujaba. Quizá pudiera convencerla con un día de adelanto –quizás aquella noche, y quizá no necesitara persuadirla– de que se introdujera la polla en su boca blanda y bella. Pero fue un pensamiento que tuvo que ahuyentar lo más rápido posible, pues corría el serio peligro de llegar demasiado pronto. Ya lo sentía empezar, impulsarle hacia la deshonra. Justo a tiempo pensó en el noticiario, en la cara del primer ministro, Harold Macmillan, alto, encorvado, parecido a una morsa, un héroe de guerra, un vejete: era todo lo que no era sexo, e ideal para el propósito. Déficit en la balanza comercial, congelación de salarios, mantenimiento del precio de reventa. Algunos le maldecían por haber entregado el imperio, pero en realidad no había más remedio, con los vientos de cambio que soplaban en África. Nadie habría aceptado este mismo mensaje de un laborista. Y él acababa de despedir a un tercio de su gabinete en la «noche de los cuchillos largos». Hacerlo requería temple. Mac el Cuchilla, decía un titular, ¡Macbeth!, rezaba otro. Gente seria se quejaba de que estaba sepultando al país en una avalancha de televisores, automóviles, supermercados y demás basura. Dejaba que la gente tuviese lo que quisiera. Pan y circo. Una nueva nación y ahora quería que nos uniéramos a Europa, ¿y quién podría afirmar con seguridad que se equivocaba?

Por fin controlado. Los pensamientos de Edward se disolvieron y su persona volvió a ser su lengua, la punta misma, en el preciso momento en que Florence decidió que no aguantaba más. Estaba inmovilizada y sofocada, se asfixiaba, tenía náuseas. Y oía un sonido que aumentaba gradualmente, no paso a paso como en una escala, sino en un *glissando* lento, y que no era del todo un violín ni una voz, sino algo entre ambas cosas, que aumentaba sin parar, insufriblemente, sin salirse un ápice del campo auditivo, una voz-violín que estaba a punto de revelar un sentido y de decirle algo urgente en sibilantes y vocales más primitivas que palabras. Pudo haber sido dentro de la habitación o fuera en el pasillo o sólo en sus oídos, como un tinnitus. Hasta podía haber sido ella misma la que producía aquel sonido. Le daba igual; tenía que escapar.

Apartó la cabeza de golpe y se zafó de los brazos de Edward. Mientras él la miraba sorprendido, todavía con la boca abierta, y una pregunta empezaba a formarse en su expresión, ella le agarró de la mano y le llevó hacia la cama. Era avieso por su parte, e incluso vesánico, cuando lo que quería era salir corriendo del cuarto, cruzar los jardines y bajar el camino hasta la playa para sentarse allí sola. Incluso un minuto a solas la habría ayudado. Pero su sentido del deber era dolorosamente fuerte y no pudo resistirse. No soportaba la idea de desairar a Edward. Y creía de veras que estaba totalmente equivocada. Si el censo completo de invitados a la boda y de familiares hubieran estado de algún modo invisiblemente apretujados en la habitación, observando, todos los fantasmas se habrían puesto de parte de Edward y de sus deseos acuciantes, razonables. Supondrían que ella padecía alguna anomalía y estarían en lo cierto.

Sabía también que su conducta era lamentable. Para sobrevivir, para escapar de un trance horroroso, tenía que huir hacia delante y obligarse al paso siguiente, dando la impresión errónea de que ella misma lo anhelaba. El acto final no se podía posponer indefinidamente. El momento salía a su encuentro justo cuando ella avanzaba insensatamente hacia él. Estaba atrapada en un juego cuyas reglas no podía cuestionar. No podía huir de la lógica que la había inducido a llevar, o a remolcar, a Edward a través de la habitación hacia la puerta abierta del dormitorio y la cama estrecha de cuatro columnas y el terso cobertor blanco. Ignoraba lo que haría cuando llegasen allí, pero al menos aquel sonido atroz había cesado y en los pocos segundos que tardase en llegar, su boca y su lengua eran suyas, y podía respirar e intentar recuperar el dominio de sí misma.

2

¿Cómo se habían conocido y por qué eran aquellos amantes tan tímidos e inocentes en una era moderna? Se consideraban demasiado complejos para creer en el destino, pero les seguía pareciendo una paradoja que un encuentro tan trascendental hubiera sido fortuito, tan dependiente de cien sucesos y elecciones nimios. Qué posibilidad tan aterradora que pudiera no haberse producido nunca. Y en los comienzos del amor se preguntaron muchas veces cuán cerca habrían estado de cruzarse sus caminos durante la adolescencia, cuando Edward bajaba de vez en cuando a visitar Oxford desde la lejanía de su sórdido domicilio familiar en las Chiltern Hills. Era excitante creer que debían de haberse rozado en una de aquellas famosas y juveniles festividades urbanas, en la feria de St. Giles la primera semana de septiembre, o el primer amanecer del mes de mayo

–un rito ridículo y sobrevalorado, convenían los dos–, o cuando alquilaban una batea en la Cherwell Boat House, aunque Edward sólo lo había hecho en una ocasión; o, cerca ya de los veinte años, ingiriendo una bebida ilícita en el Turl. Él creía incluso que quizá hubiese ido en autobús con otros chicos de trece años a Oxford High, a que les vapulearan en un concurso de cultura general chicas que estaban misteriosa e inquietantemente informadas y eran tan dueñas de sí mismas como adultos. Quizá fuese otra escuela. Florence no recordaba haber formado parte de un equipo, pero confesó que le gustaban esas cosas. Cuando compararon sus respectivos mapas mentales y geográficos de Oxford, descubrieron que eran muy similares.

Después se acabaron los años de la infancia y los escolares, y en 1958 los dos eligieron Londres –el University College él y el Royal College of Music ella– y, naturalmente, no se encontraron. Edward se alojaba en casa de una tía viuda en Camden Town e iba en bicicleta a Bloomsbury todas las mañanas. Trabajaba todo el día, jugaba al fútbol y los fines de semana bebía cerveza con sus amigos. Hasta que llegó a avergonzarse de ello, era aficionado a una gresca ocasional a la salida de un pub. Su único pasatiempo espiritual serio era oír música, aquellos blues eléctricos con garra que habrían de constituir los auténticos precursores y el motor vital del rock and roll inglés; esta música, opinó toda la vida, era muy superior a las tonadillas visionarias de tres minutos de music-hall que, procedentes de Liverpool, cautivarían al mundo pocos años más tarde. Muchas noches abandonaba la biblioteca y bajaba Oxford Street hasta el Hundred Club para escuchar al Powerhouse Four de John Mayall, o a Alexis Korner o a Brian Knight. En sus tres años de estudiante, las noches en el club representaron el apogeo de su experiencia cultural, y durante años consideró que aquella música formó sus gustos e incluso determinó su vida.

Las pocas chicas que conocía —por entonces no había tantas en las universidades— llegaban a clase desde barrios periféricos y se marchaban al final de la tarde, sin duda impelidas por la estricta orden paterna de estar en casa a las seis. Sin decirlo, aquellas chicas transmitían la clara impresión de que se estaban «reservando» para un futuro marido. No había ambigüedad: para tener relaciones sexuales con alguna tenías que casarte con ella. Un par de amigos de Edward, futbolistas pasables, siguieron este camino, se casaron en segundo curso y se perdieron de vista. Uno de aquellos infortunados causó un impacto especial, a modo de un cuento con moraleja. Dejó embarazada a una chica de la secretaría de la universidad y fue, pensaban sus amigos, «arrastrado al altar», y no reapareció hasta un año después, cuando fue visto en Putney High Street, empujando un cochecito de niño, una acción que en aquel tiempo era aún degradante para un hombre.

La píldora era un rumor en los periódicos, una promesa ridícula, otro de los cuentos chinos que llegaban de América. Los blues que había escuchado en el Hundred Club sugerían a Edward que a su alrededor, fuera de la vista, hombres de su edad llevaban una vida sexual explosiva e incansable, llena de gratificaciones de todo tipo. La música pop era insulsa y todavía evasiva sobre el tema, el cine era un poco más explícito, pero en el círculo de Edward los hombres tenían que conformarse con contar chistes verdes, molestas bravuconadas sexuales y la camaradería bulliciosa desatada por excesos alcohólicos que reducían aún más las posibilidades de conocer a una chica. Los cambios sociales nunca avanzan con un ritmo constante. Se rumoreaba que en el departamento de inglés, y en la carretera que llevaba a la SOAS[1] y, bajando Kingsway, a la LES,[2] hombres y mujeres con vaqueros negros prietos y suéters negros de cuello alto practicaban continuamente el sexo fácil sin tener que presentarse entre sí a sus padres. Se hablaba incluso de canutos. Edward daba a veces un paseo experimental desde el departamento de historia hasta el de inglés con la esperanza de descubrir pruebas del paraíso en la tierra, pero ni los

1. School of Oriental and African Studies. *(N. del T.)*
2. London School of Economics. *(N. del T.)*

pasillos, ni los tablones de anuncios, ni siquiera las mujeres parecían diferentes.

Florence estaba en el otro lado de la ciudad, cerca del Albert Hall, en una gazmoña residencia femenina donde apagaban las luces a las once y las visitas masculinas estaban prohibidas a cualquier hora, y las chicas salían y entraban constantemente de las habitaciones de las otras. Florence practicaba cinco horas al día e iba a conciertos con sus amigas. Prefería sobre todo los recitales de cámara en el Wigmore Hall, en especial los cuartetos de cuerda, y en ocasiones llegaba a asistir a cinco en una semana, tanto a la hora de comer como por la noche. Amaba la seriedad oscura del local, los bastidores con las paredes descoloridas y desconchadas, las maderas relucientes y la alfombra de un rojo intenso del vestíbulo, el auditorio como un túnel dorado y la famosa cúpula sobre el escenario, que le habían dicho que describía el ansia de la humanidad por la magnífica abstracción de la música, con el genio de la armonía representado como una bola de fuego eterno. Veneraba a los personajes de otra época, que tardaban minutos en apearse de un taxi, los últimos victorianos, que se dirigían a sus asientos renqueando sobre sus bastones, para escuchar con un silencio crítico, alerta, a veces con la manta escocesa que se habían llevado para extenderla encima de las rodillas. Aquellos fósiles, con los cráneos huesudamente encogidos, humildemente inclinados hacia el escenario, encarnaban para Florence la experiencia pulida y el juicio sabio, o sugerían una maestría musical para la que ya no servían unos dedos artríticos. Y estaba la emoción simple de saber que tantos músicos célebres en el mundo habían actuado allí y que grandes carreras habían empezado en aquel mismo escenario. Allí oyó a la chelista de dieciséis años Jacqueline du Pré en su debut musical. Los gustos de Florence no eran raros, pero sí intensos. El Opus 18 de Beethoven la obsesionó durante una temporada, y luego sus últimos grandes cuartetos. Schumann, Brahms y, en el último curso, los cuartetos de Frank Bridge, Bartók y Britten. Oyó a todos estos compositores a lo largo de un período de tres años en el Wigmore Hall.

En el segundo curso le ofrecieron un trabajo a tiempo parcial entre bastidores, preparando el té para los intérpretes en la espaciosa sala verde y acuclillándose junto a la mirilla para abrir la puerta a los artistas cuando salían del escenario. También pasaba las páginas a los pianistas en las piezas de cámara, y una noche estuvo realmente al lado de Benjamin Britten en un programa de canciones de Haydn, Frank Bridge y el propio Britten. Había un chico soprano y actuó también Peter Pears, que le deslizó un billete de diez libras cuando él y el gran compositor se marchaban. Ella descubrió la sala de prácticas, en la puerta contigua, debajo del salón de pianos, donde pianistas legendarios como John Ogdon y Cherkassky atronaban el aire toda la mañana con sus escalas y arpegios, como estudiantes dementes de primer año. El Wigmore se convirtió en una especie de segundo hogar; se sentía posesiva con respecto a cada rincón sombrío y vulgar, y hasta con los escalones de cemento que bajaban a los lavabos.

Uno de sus cometidos era ordenar la sala verde, y una tarde vio en una papelera unas anotaciones de concierto a lápiz, desechadas por el Cuarteto Amadeus. La letra era estrafalaria y tenue, apenas legible, y hacía referencia al movimiento de obertura del cuarteto de Schubert n.º 15. Se emocionó al descifrar finalmente las palabras: «¡Atacar en el si!» Florence no pudo menos de acariciar la idea de que había recibido un mensaje importante, o un apunte vital, y dos semanas más tarde, no mucho después del comienzo del último curso, pidió a tres de los mejores alumnos del conservatorio que se unieran a su propio cuarteto.

Sólo el violoncelista era un hombre, pero Charles Rodway carecía de todo interés romántico para ella. Los hombres del conservatorio, entregados a la música, ferozmente ambiciosos, ignorantes de todo lo que no fuera el instrumento que tocaban y su repertorio, no eran muy atractivos. Siempre que una chica del grupo empezaba a salir asiduamente con otro estudiante, se esfumaba socialmente, igual que los amigos futbolistas de Edward. Era como si la joven hubiese ingresado en un convento. Puesto que no parecía posible salir con un chico y conservar las antiguas amistades, Florence prefería quedarse con su grupo de la residencia. Le gustaban las bromas, la intimidad, la deferencia, la forma en que las chicas festejaban los cumpleaños de las otras y la dulzura con que trajinaban con teteras, mantas y frutas si atrapabas una gripe. A Florence sus años de estudio le parecieron la libertad.

Los mapas de Londres de Florence y Edward rara vez se solaparon. Ella sabía muy poco de los pubs de Fitzrovia y Soho, y aunque siempre tenía intención de hacerlo, nunca había pisado la sala de lectura del British Museum. Él no sabía nada del Wigmore Hall o de los salones de té del barrio de ella, y nunca había hecho un picnic en Hyde Park ni había remado en una barca en la Serpentine. Para los dos fue emocionante descubrir que habían estado en Trafalgar Square en el mismo momento de 1959, junto con otras veinte mil personas determinadas a lograr la prohibición de la bomba.

No se conocieron hasta que acabaron sus cursos en Londres y volvieron a las casas respectivas de sus padres y a la quietud de la infancia, aguardando una o dos semanas calurosas y aburridas el resultado de los exámenes. Más adelante, lo que más les intrigaba era lo fácil que habría sido que su encuentro no se hubiera producido. Aquel día concreto Edward podría haberlo pasado como casi todos los demás: una retirada al fondo del jardín estrecho para sentarse en un banco musgoso a la sombra de un olmo gigante, y leer a salvo del alcance de su madre. A cincuenta metros de distancia, el rostro materno, pálido e indistinto, como una de las acuarelas que ella pintaba, estaría en la cocina o en el cuarto de estar durante veinte minutos seguidos, vigilándole sin tregua. Él procuraba hacer caso omiso, pero la mirada de su madre era como el tacto de su mano en la espalda o el hombro de Edward. Después la oía en el piano de arriba, tocando una de las piezas incluidas en el cuaderno de Anna Magdalena, la única pieza de música clásica que la madre conocía entonces. Media hora más tarde ya estaba otra vez en la ventana, mirándole fijamente. Nunca salía a hablar con su hijo si le veía con un libro. Años atrás, cuando Edward era todavía un colegial, su padre había aleccionado pacientemente a la madre para que nunca interrumpiera los estudios del hijo.

Aquel verano, después de los exámenes finales, se interesó por los fanáticos cultos medievales y sus cabecillas salvajes y psicóticos, que cada cierto tiempo se proclamaban el Mesías. Por segunda vez en un año estaba leyendo *En pos del milenio*, de Norman Cohn. Movidas por conceptos del Apocalipsis, del Libro de las Revelaciones y el Libro de Daniel, convencidas de que el Papa era el Anticristo y de que el fin del mundo se acercaba y sólo los puros se salvarían, chusmas multitudinarias barrían el campo alemán e iban de una ciudad a otra matando a judíos cuando los encontraban, así como a curas y a veces a ricos. Entonces las autoridades reprimían violentamente el movimiento y pocos años más tarde surgía otra secta en otro sitio. Empozado en la monotonía y la seguridad de su existencia, Edward leía sobre aquellos brotes de insania recurrentes con una fascinación horrorizada, agradecido de vivir en una época en que la religión se había vuelto, en general, irrelevante. Se preguntaba si haría un doctorado, si su título sería suficiente. Aquella locura medieval podría ser su materia.

En el curso de paseos por los bosques de hayas, soñaba con escribir una serie de biografías breves de personajes asaz oscuros que vivieron de cerca importantes sucesos históricos. El primero sería Sir Robert Carey, el hombre que cabalgó desde Londres a Edimburgo en setenta horas para comunicar la noticia de la muerte de Isabel I a su sucesor, Jacobo VI de Escocia. Carey fue una figura interesante que tuvo la útil idea de escribir sus memorias. Luchó contra la Armada Invencible, fue un espadachín de renombre y mecenas de Lord Chamberlain's Men.[1] Era de suponer que su arduo viaje al norte le gran-

1. The Lord Chamberlain's Men fue la compañía de teatro en la que William Shakespeare trabajó de actor y dramaturgo durante la mayor parte de su carrera. (N. del T.)

jearía un ascenso con el nuevo monarca, pero cayó en una oscuridad relativa.

Cuando estaba de un humor más realista, Edward pensaba que debería encontrar un empleo idóneo, de profesor de historia en un centro de enseñanza secundaria, y asegurarse de eludir el servicio militar.

Si no estaba leyendo, solía recorrer el camino que a lo largo de una avenida de tilos llevaba al pueblo de Northend, donde vivía Simon Carter, un condiscípulo suyo. Pero aquella mañana concreta, cansado de los libros, los trinos de los pájaros y la paz bucólica, Edward sacó del cobertizo la bicicleta descuajeringada de su infancia, subió el sillín, infló las ruedas y se puso en marcha sin un plan particular. Tenía un billete de una libra y dos medias coronas en el bolsillo y lo único que quería era moverse. A una velocidad temeraria, porque los frenos apenas funcionaban, cruzó volando un túnel verde, bajó la cuesta empinada, atravesó la granja de Balham y luego la de Stracey y llegó al valle Stonor, y cuando sobrepasaba embalado las verjas de hierro del parque, tomó la decisión de seguir hasta Hentley, unos seis kilómetros más lejos. Cuando llegó allí, se dirigió a la estación de tren con el vago propósito de ir a Londres a visitar a unos amigos. Pero el tren que aguardaba en el andén iba en la dirección opuesta: Oxford.

Hora y media más tarde, deambulaba por el

centro de la ciudad en el calor del mediodía, todavía vagamente aburrido e irritado consigo mismo por malgastar dinero y tiempo. Oxford había sido su capital, la fuente o la promesa de casi toda su excitación adolescente. Pero después de Londres parecía una ciudad de juguete, empalagosa, provinciana y ridículamente pretenciosa. Cuando un portero con sombrero le frunció el ceño desde la sombra de la entrada de un *college*, a punto estuvo de volverse para interpelarle. Optó por tomarse una cerveza de consuelo. Al pasar por St. Giles rumbo al Eagle and Child, vio un letrero escrito a mano que anunciaba una reunión a la hora del almuerzo en el local de la Campaña pro Desarme Nuclear, y vaciló. No le hacían mucha gracia aquellas reuniones serias, ni tampoco la retórica melodramática ni la rectitud lastimera. Las armas eran horribles, por supuesto, y había que detenerlas, pero nunca había aprendido nada nuevo en una reunión. Con todo, se había afiliado al comité, no tenía nada mejor que hacer y sintió el incierto empuje de la obligación. Era su deber ayudar a salvar el mundo.

Recorrió el pasillo de azulejos y entró en una sala en penumbra, con vigas bajas pintadas y un olor eclesial a polvo y a suelo encerado de madera, a través del cual se elevaba una tenue disonancia de voces. Cuando los ojos se le acostumbraron, la primera persona a quien vio fue Florence, de pie junto a una puerta, hablando con un tipo fibroso y cetrino que tenía en la mano un fajo de octavillas. Florence llevaba un vestido de algodón blanco que llameaba como un vestido de fiesta, y un estrecho cinturón de piel azul muy ceñido alrededor del talle. Por un momento pensó que era una enfermera: de un modo abstracto y convencional, las enfermeras le parecían eróticas porque —como le gustaba fantasear— lo sabían ya todo sobre el cuerpo masculino y sus necesidades. A diferencia de casi todas las chicas a las que miraba en la calle o en las tiendas, ella no apartó la mirada. Tenía una expresión socarrona o chistosa, y posiblemente aburrida y deseosa de entretenimiento. Era una cara extraña, desde luego hermosa, pero de una forma esculpida, de huesos fuertes. En la penumbra de la sala, la singular textura de la luz de una ventana alta, a la derecha de Florence, asemejaba su cara a una máscara tallada, conmovedora y tranquila, y de difícil lectura. No se había detenido al entrar en el recinto. Caminaba hacia ella sin saber lo que diría. Era un perfecto inepto en materia de iniciar una conversación.

Ella le miraba conforme él se acercaba, y cuando estuvo lo bastante cerca cogió una octavilla de la pila de su amigo y dijo:

—¿Quieres una? Es sobre una bomba de hidrógeno que cae en Oxford.

Al tomar él la hoja, Florence deslizó el dedo, ciertamente no de un modo accidental, sobre la cara interna de la muñeca de Edward, que dijo:

59

–No se me ocurre lectura más interesante.

El chico que estaba con ella le dirigió una mirada venenosa mientras aguardaba a que el otro se marchase, pero Edward se quedó plantado donde estaba.

Ella también estaba inquieta en casa, una gran villa victoriana de estilo gótico, a la orilla de Banbury Road, a quince minutos andando. Su madre, Violet, corrigiendo exámenes finales todo aquel día de calor, era intolerante con los ejercicios cotidianos de Florence: sus reiterados arpegios y escalas, las prácticas de doble cuerda, los tests de memoria. «Chirridos», era la palabra que Violet empleaba, como cuando decía: «Querida, todavía no he acabado. ¿Te importaría dejar los chirridos para después del té?»

Era, en teoría, una broma cariñosa, pero Florence, que aquella semana estaba inusualmente irritable, lo tomó como una prueba más de que su madre desaprobaba su carrera y de su hostilidad hacia la música en general y, por consiguiente, a la propia Florence. Sabía que debía compadecer a su madre. Tenía tan mal oído que era incapaz de reconocer una canción, incluso el himno nacional, al que sólo por el contexto distinguía del «Cumpleaños feliz». Era una de esas personas que no sabría decir si una nota era más baja o más aguda que otra. Era una incapacidad y una desgracia iguales que un pie zopo o un labio leporino, pero después de las libertades relativas de Kensington, la vida en casa le resultaba a Florence continuamente opresiva y no se sentía proclive a la comprensión. Por ejemplo, no le importaba hacerse la cama cada mañana —siempre la hacía—, pero le fastidiaba que le preguntaran en cada desayuno si la había hecho.

Como ocurría muchas veces en que ella había estado ausente, su padre le despertaba emociones conflictivas. Había veces en que lo encontraba físicamente repulsivo y apenas soportaba verle: su calva reluciente, sus diminutas manos blancas, sus proyectos incesantes para mejorar los negocios y ganar aún más dinero. Y su voz aguda de tenor, a la vez aduladora y autoritaria, con sus énfasis excéntricamente repartidos. Ella detestaba oír sus crónicas entusiastas sobre el barco, ridículamente bautizado *Sugar Plum*, que tenía atracado en el puerto de Poole. La exasperaban las descripciones que él hacía de un nuevo tipo de vela, una radio de barco a tierra, un barniz especial para yates. Solía llevarla a navegar con él, y varias veces, cuando ella tenía doce y trece años, cruzaron el Canal hasta Carteret, cerca de Cherburgo. Nunca hablaban de estas travesías. Nunca se las había vuelto a proponer, y ella se alegraba. Pero en ocasiones, en un impulso de sentimiento protector y de amor culpable, Florence se le acercaba por detrás cuando él estaba sentado, le rodeaba el cuello con los brazos, le besaba la coronilla y le besuqueaba, complacida por su olor a limpio. Hacía esto y después se aborrecía por haberlo hecho.

Y su hermana pequeña la sacaba de quicio con su nuevo acento *cockney* y su calculada estupidez al piano. ¿Cómo podían complacer a su padre y tocar para él una marcha de Sousa cuando Ruth fingía que no sabía contar cuatro tiempos en un compás?

Como siempre, Florence era una experta en ocultar sus sentimientos a su familia. No le suponía un esfuerzo; se limitaba a salir de la habitación, siempre que fuera posible hacerlo sin exteriorizar lo que sentía, y más tarde se alegraba de no haber dicho nada acerbo ni haber herido a sus padres o a su hermana; de lo contrario, la culpa la tendría desvelada toda la noche. A todas horas se recordaba cuánto quería a su familia y se encerraba más eficazmente en el silencio. Sabía muy bien que las personas se peleaban, a veces tempestuosamente, y luego se reconciliaban. Pero ella no sabía cómo empezar: no conocía ese recurso, la riña que limpiaba el aire, y no lograba creer del todo que fuese posible retirar u olvidar palabras duras. Era mejor no complicar las cosas. Así sólo se echaba la culpa ella, cuando se sentía como un personaje de una tira cómica al que le sale vapor por las orejas.

Y tenía otras preocupaciones. ¿Debía aceptar un trabajo de segunda fila en una orquesta provinciana

–podría considerarse sumamente afortunada si conseguía entrar en la Bournemouth Symphony–, o seguir dependiendo otro año de sus padres, en realidad de su padre, y preparar el cuarteto de cuerda para su primer contrato? Esto exigiría vivir en Londres, y era reacia a pedir a Geoffrey un dinero adicional. El chelista, Charles Rodway, le había ofrecido la habitación de invitados en la casa de sus padres, pero era un muchacho perturbador e intenso, que le dirigía miradas fijas y elocuentes por encima del atril. Viviendo en su casa estaría a su merced. Sabía de un empleo a tiempo completo, a su disposición si lo solicitaba, en un trío al estilo de Palm Court en un gran hotel sórdido, al sur de Londres. No tenía escrúpulos respecto a la clase de música que tendría que tocar –nadie escucharía–, pero algún instinto, o el puro esnobismo, la convenció de que no podría vivir en Croydon ni cerca de allí. Se persuadió de que sus calificaciones del conservatorio la ayudarían a decidirse, y entretanto, al igual que Edward a veinticuatro kilómetros de distancia, en las colinas boscosas, hacia el este, se pasaba los días en una especie de antesala, aguardando nerviosa a que la vida empezara.

Al volver de Londres, ya no era una colegiala y había madurado en algunos sentidos que no pareció advertir nadie de la familia. Florence comenzaba a percatarse de que sus padres tenían opiniones políticas bastante censurables, y en esto al menos se permitía disentir abiertamente en la mesa, durante discusiones que se prolongaban en las largas veladas veraniegas. Era una especie de liberación, pero aquellos debates también inflamaban su general impaciencia. A Violet le interesaba sinceramente que su hija fuera miembro del comité pro desarme, aunque para Florence era duro que su madre fuera filósofa. Su calma era para Florence provocativa o, más exactamente, lo era la tristeza que adoptaba cuando escuchaba a su hija hasta el final y luego daba su opinión. Dijo que la Unión Soviética era una tiranía cínica, un estado cruel y despiadado, responsable de un genocidio en una escala que incluso superaba a la Alemania nazi, y de una vasta y apenas comprendida red de campos de presos políticos. Prosiguió hablando de juicios de cara a la galería, de la censura y la inexistencia de un Estado de derecho. La Unión Soviética pisoteaba la dignidad humana y los derechos básicos, era una asfixiante fuerza ocupante de países vecinos –entre los amigos académicos de Violet había húngaros y checos–, era imperialista por doctrina y había que hacerle frente, como a Hitler. Si no se le plantaba cara, porque no teníamos tanques ni hombres para defender la llanura del norte de Alemania, entonces había que disuadirla. Un par de meses más tarde comentó la construcción del muro de Berlín y la reivindicó totalmente. El imperio comunista era ahora una prisión gigantesca.

Florence sabía en su corazón que la Unión Soviética, a pesar de todos sus errores –torpeza, ineficacia, sin duda espíritu defensivo más que mala intención–, era esencialmente una fuerza beneficiosa para el mundo. Luchaba y siempre había luchado por liberar a los oprimidos y resistir al fascismo y a los estragos del ávido capitalismo. Le asqueó la comparación con la Alemania nazi. Veía en las opiniones de Violet la trama típica de la propaganda norteamericana. Su madre la decepcionaba, e incluso se lo decía.

Y su padre tenía los puntos de vista que cabría esperar de un hombre de negocios. Media botella de vino podía aguzar un poco la elección de sus palabras: Harold Macmillan era un idiota por entregar el imperio sin lucha, un puñetero idiota por no imponer una restricción de los salarios a los sindicatos, y un lamentable puñetero idiota por pensar en descubrirse ante los europeos y mendigar el ingreso en su club siniestro. A Florence le resultaba difícil contradecir a Geoffrey. No lograba quitarse de encima un sentimiento de incómoda obligación con él. Entre los privilegios de su niñez estaba la intensa atención que podría haberse dirigido hacia un hermano, un hijo. El verano anterior, el padre, después del trabajo, la había llevado asiduamente en el Humber para que practicara con vistas a su permiso de conducir en cuanto cumpliera veintiún años. No aprobó el examen. Clases de violín desde los cinco años, con cursos estivales en una escuela especial, clases de tenis y de esquí y lecciones de vuelo que ella rechazó, desafiante. Y además los viajes: ellos dos solos, de excursionismo en los Alpes, Sierra Nevada y los Pirineos, y los lujos especiales, los viajes de negocios de una noche a ciudades europeas donde ella y Geoffrey siempre se hospedaban en los mejores hoteles.

Cuando Florence salió de casa después de mediodía, tras una sorda discusión con su madre por una trivialidad doméstica —Violet no aprobaba demasiado la manera en que su hija utilizaba la lavadora—, dijo que iba a franquear una carta y que no volvería a comer. Giró hacia el sur en Banbury Road y se encaminó hacia el centro de la ciudad con el vago propósito de dar una vuelta por el mercado cubierto y tropezar quizá con alguna condiscípula. O quizá se comprase un panecillo allí y se lo comiera en el prado de Christ Church, a la sombra, junto al río. Cuando vio en St. Giles el letrero que Edward vería quince minutos más tarde entró, distraída. Era su madre la que ocupaba sus pensamientos. Después de haber pasado tanto tiempo con amigas afectuosas en la residencia de estudiantes, al volver a casa constató lo físicamente lejana que estaba su madre. Nunca había besado ni abrazado a Florence, ni siquiera cuando era pequeña. Violet apenas había tocado a su hija. Quizá valiese más así. Era delgada y huesuda, y no podía decirse que Florence suspirase precisamente por sus caricias. Y ahora era ya demasiado tarde.

Minutos después de haber abandonado el sol para entrar en la sala, Florence supo claramente que al entrar dentro había cometido un error. Cuando sus ojos se acostumbraron, miró alrededor con el interés ausente que podría haber dedicado a la colección de platería del museo Ashmolean. De repente, un chico del norte de Oxford cuyo nombre había olvidado, un chico de veintidós años, demacrado y con gafas, surgió de la oscuridad y la atrapó. Sin preámbulo, empezó a esbozarle las consecuencias de una sola bomba de hidrógeno que cayera sobre Oxford. Casi un decenio antes, cuando los dos tenían trece años, él la había invitado a su casa en Park Town, sólo a tres calles de distancia, para admirar un nuevo invento, un televisor, el primero que ella había visto en su vida. En una pantalla pequeña, gris y nublada, enmarcada por puertas de caoba labradas, había un hombre en esmoquin sentado a una mesa en lo que parecía una ventisca. Florence pensó que era un ridículo artilugio sin futuro, pero desde aquel día, el chico –¿John? ¿David? ¿Michael?– parecía creer que ella le debía amistad, y allí estaba otra vez, reclamando la deuda.

Su folleto, del que llevaba doscientas copias debajo del brazo, exponía el destino de Oxford. Quería que ella le ayudara a repartirlos por la ciudad. Al inclinarse, ella sintió que le envolvía la cara el olor a gomina. Su tez, como de papel, despedía un brillo de ictericia a la luz tenue, y gruesas gafas reducían sus ojos a finas ranuras negras. Florence, incapaz de ser grosera, compuso una mueca atenta. Había algo fascinante en los hombres altos y delgados, el cómo los huesos de la nuez afloraban tan expuestos por debajo de la piel, y sus caras como de aves, y su encorvamiento predatorio. El cráter que estaba describiendo tendría ochocientos metros de diámetro y treinta metros de profundidad. Debido a la radiactividad, Oxford sería inabordable durante diez mil años. Empezaba a sonar como una promesa de liberación. Pero de hecho, fuera, en la ciudad maravillosa estallaba el follaje de principios de verano, el sol calentaba la piedra de Cotswold de color melaza, el prado de Christ Church estaría en pleno esplendor. Allí, en la sala, Florence veía por encima del hombro estrecho del joven a figuras murmurantes que deambulaban por la penumbra y colocaban las sillas, y entonces vio a Edward que caminaba a su encuentro.

Muchas semanas después, otro día caluroso, tomaron una batea en el Cherwell, remaron río arriba hasta el Vicky Arms y más tarde navegaron de regreso hacia el cobertizo de las barcas. En el trayecto atracaron entre matorrales de espino y se tendieron en la orilla, en la profunda sombra, Edward de espalda, masticando una brizna de hierba, y Florence con la cabeza recostada en el brazo. En una pausa de la conversación oyeron el tamborileo de las ondas debajo de la barca y el impacto amortiguado cuando se balanceaba contra su atraque de tres postes. A intervalos una débil brisa les llevaba el sonido relajante y etéreo del tráfico en Banbury Road. Un tordo cantaba una canción intrincada, repitiendo con cuidado cada frase, y luego desistió en el calor. Edward trabajaba en diversos empleos temporales, sobre todo de encargado en un club de críquet. Florence dedicaba todo su tiempo al cuarteto. No era fácil concertar las horas que pasaban juntos, y por lo tanto eran mucho más preciosas. Era una tarde de sábado robada. Sabían que era uno de los últimos días de pleno verano; estaban a principios de septiembre, y las hierbas y hojas, aunque aún inequívocamente verdes, tenían un aire exhausto. La conversación había vuelto a los momentos, para entonces enriquecidos por una mitología privada, en que por primera vez posaron los ojos el uno en el otro.

En respuesta a la pregunta que Edward había hecho unos minutos antes, Florence dijo finalmente:

–Porque no llevabas chaqueta.

–¿Y qué?

–Hum. Camisa blanca suelta, las mangas remangadas hasta los codos, los faldones casi colgando...

–Tonterías.

69

–Y pantalón de franela gris con un remiendo en la rodilla, y playeras raídas por las que empezaban a asomar los dedos de los pies. Y el pelo largo, casi por encima de las orejas.

–¿Qué más?

–Porque parecías un poco agreste, como si acabaras de haberte peleado.

–Había montado en bici por la mañana.

Ella se incorporó sobre un codo para verle mejor la cara y los dos sostuvieron la mirada del otro. Era todavía para ellos una experiencia nueva y vertiginosa, mirar durante un minuto seguido a los ojos de otro adulto sin contención ni vergüenza. Él pensó que era lo más cerca que habían estado de hacer el amor. Ella le sacó de la boca la brizna de hierba.

–Eres tan aldeano.

–Vamos. ¿Qué más?

–Muy bien. Porque te paraste en la entrada y miraste a todo el mundo como si fueras el dueño del lugar. Orgulloso. No: osado, quiero decir.

Él se rió al oír esto.

–Pero si estaba enfadado conmigo mismo.

–Entonces me viste –dijo Florence–. Y decidiste retarme con la mirada.

–No es cierto. Me lanzaste una ojeada y decidiste que no merecía otra.

Ella le besó, no profunda, sino tentadoramente, o al menos a él le pareció. En aquellos días del principio consideró que había sólo una pequeña posibilidad de que ella fuese una de aquellas chicas fabulosas de una familia agradable que iría hasta el final con él, y enseguida. Pero desde luego no al aire libre, en aquel trecho frecuentado del río.

Él la acercó hacia sí hasta que las narices casi se tocaron y las caras se les oscurecieron.

—¿Así que pensaste que era un flechazo? —dijo él.

Su tono era desenfadado y burlón, pero ella optó por tomarle en serio. Las inquietudes que habría de afrontar estaban aún lejos, aunque algunas veces se preguntaba hacia dónde se estaba encaminando. Un mes atrás, se habían declarado mutuamente enamorados, y después de la emoción ella pasó una noche medio desvelada por el vago temor de haberse precipitado y desprendido de algo importante, de haber entregado algo que realmente no le pertenecía a ella misma. Pero fue algo tan interesante, tan nuevo, tan halagador y tan hondamente reconfortante que no pudo resistirse, y fue una liberación estar enamorada y declararlo, y no pudo evitar ir más lejos. Ahora, en la ribera del río, en el calor soporífero de uno de los últimos días de verano, se concentró en aquel momento en que él hizo una pausa en la entrada de la sala de reuniones y en lo que ella había visto y sentido cuando miró hacia Edward.

Para agudizar el recuerdo, se echó hacia atrás y se enderezó, y desviando la mirada la dirigió hacia el río lento, verde y fangoso. De pronto dejó de ser plácido. Río arriba, avanzando hacia ellos, vio una escena conocida, una colisión entre dos bateas sobrecargadas y trabadas en ángulo recto al virar en un meandro, acompañada de los consabidos gritos, vocerío de piratas y chapoteos. Los estudiantes universitarios eran tímidamente bullangueros, un recordatorio de cuánto Florence ansiaba alejarse de allí. Incluso en su época de colegialas, ella y sus amigas habían considerado a los estudiantes una molestia, unos invasores pueriles de su ciudad natal.

Intentó concentrarse aún más. La ropa de Edward había sido inusual, pero ella se había fijado en la cara: un óvalo delicado y pensativo, la frente alta, las cejas castañas y de arco amplio, y la quietud de su mirada inspeccionando a los presentes y deteniéndose en ella, como si él no estuviera en la sala sino imaginándola, soñando a Florence. La memoria enturbió el recuerdo insertando algo que ella no pudo haber oído: el leve acento de campo en la voz de Edward, parecido al acento local de Oxford, con su deje del oeste nacional.

Se volvió hacia él.

–Sentí curiosidad por ti.

Pero fue aún más abstracto. A la sazón ni siquiera se le pasó por la cabeza satisfacer aquella curiosidad. No pensó que estaban a punto de conocerse, o que ella pudiese hacer algo para que fuese posible. Fue como si su curiosidad no tuviera nada que ver con ella: en realidad, era ella la que no estaba en aquella sala. Enamorarse era revelarse a sí misma lo extraña que era, la frecuencia con que se enclaustraba en sus pensamientos cotidianos. Cada vez que Edward le preguntaba: «¿Cómo te sientes?» o «¿Qué estás pensando?», ella siempre daba una respuesta forzada. ¿Tanto le había costado descubrir que le faltaba un simple resorte mental que todo el mundo tenía, un mecanismo tan normal que nadie lo mencionaba siquiera, una inmediata conexión sensual con la gente y los sucesos, y con sus propias necesidades y deseos? Todos aquellos años había vivido aislada dentro de sí misma y, extrañamente, también aislada de sí misma, sin querer nunca mirar atrás ni atreverse a hacerlo. En la sala resonante de suelo de piedra y gruesas vigas bajas, sus problemas con Edward ya estuvieron presentes en los primeros segundos de su encuentro, en el primer intercambio de miradas.

Edward nació en julio de 1940, la semana en que empezó la batalla de Inglaterra. Su padre, Lionel, le contaría más tarde que durante dos meses de aquel verano la historia contuvo la respiración mientras decidía si el alemán sería o no el primer idioma de Edward. Cuando cumplió diez años descubrió que aquello sólo había sido una manera de hablar: ocupada toda Francia, por ejemplo, los niños habían seguido hablando francés. Turville Heath

73

era menos que un villorrio y más una dispersión rala de casas campestres alrededor de los bosques y de tierra comunal en un amplio promontorio sobre el pueblo de Turville. A fines de los años treinta, el extremo noreste de las Chiltern, el extremo de Londres, a unos cuarenta y ocho kilómetros de distancia, había sido invadido por la expansión urbana y era ya un paraíso en las afueras. Pero en la punta suroeste, al sur de Beacon Hill, donde un día surgiría una autopista torrencial de coches y camiones a través de un corte en la caliza hacia Birmingham, el paisaje permanecía más o menos igual.

Muy cerca de la casa de campo de los Mayhew, bajando una pista de surcos con peraltes escarpados que atravesaba un hayedo, y más allá de Spinney Farm, se extendía el valle de Wormsley, una hermosura escondida, escribió un autor de paso, que había pertenecido durante siglos a una familia de granjeros, los Fane. En 1940, en la casa todavía se sacaba el agua de un pozo, desde donde se transportaba al desván y se vertía en un depósito. Formaba parte de la tradición familiar que cuando el país se aprestaba a afrontar la invasión de Hitler, la autoridad local consideró el nacimiento de Edward una emergencia, una crisis de higiene. Llegaron hombres con picos y palas, hombres bastante mayores, y encauzaron el agua corriente desde la carretera de Northend hasta la granja en septiembre de aquel año, justo cuando comenzaba el bombardeo de Londres.

Lionel Mayhew era director de una escuela primaria de Henley. Temprano por la mañana recorría en bicicleta los ocho kilómetros hasta la escuela, y al final de la jornada empujaba la bici por el largo repecho empinado hasta el brezal, con papeles y deberes escolares apilados en una cesta de mimbre acoplada al manillar. En 1945, el año en que nacieron las gemelas, compró en Christmas Common por once libras un automóvil de segunda mano a la viuda de un oficial de la marina desaparecido en los convoyes del Atlántico. Por entonces un coche que pasaba justo entre los carros y los caballos de labranza seguía siendo una imagen insólita en aquellos estrechos caminos de caliza. Pero había muchos días en que el racionamiento de gasolina obligaba a Lionel a recurrir de nuevo a la bicicleta.

A principios de los años cincuenta, sus ocupaciones al regresar a casa no eran las típicas de un profesional. Trasladaba sus papeles directamente al salón diminuto, al lado de la puerta principal, que utilizaba como despacho, y los ordenaba meticulosamente. Era la única habitación ordenada de la casa, y para él tenía mucha importancia separar su vida laboral del entorno doméstico. Después atendía a los niños: llegado el momento, Edward, Anne y Harriet iban a la escuela rural de Northend y volvían andando solos. Lionel pasaba cinco minutos a solas con Marjorie y luego preparaba el té y retiraba el desayuno en la cocina.

Sólo a aquella hora, mientras hacían la cena, acababan los quehaceres de casa. Los niños ayudaban, en cuanto fueron más mayores, aunque su ayuda no servía de mucho. Sólo se barrían las partes de los suelos que no estaban cubiertas de trastos, y sólo se ordenaban las cosas necesarias para el día siguiente: sobre todo ropa y libros. Nunca se hacían las camas, las sábanas rara vez se cambiaban, nunca se limpiaba el lavabo en el baño atestado y glacial: podías grabar tu nombre con la uña en la mugre dura y gris. Ya era bastante difícil atender a las necesidades inmediatas: llevar el carbón a la estufa de la cocina, mantener el fuego del cuarto de estar en invierno, encontrar para los niños ropa escolar medio limpia. La colada se hacía las tardes de domingo y exigía encender un fuego debajo de la caldera. Los días de lluvia, la ropa se secaba desperdigada encima de los muebles por toda la casa. Planchar era un imposible para Lionel: todo se alisaba con la mano y se plegaba. Había intervalos en que alguna vecina hacía de asistenta, pero no se quedaba mucho tiempo. Las tareas por hacer eran ingentes, y aquellas lugareñas tenían su propia casa que organizar.

Los Mayhew cenaban en una mesa plegable de pino, rodeados por el caos cercano de la cocina. Fregaban siempre los platos más tarde. Después de que todo el mundo hubiese agradecido la cena a Marjorie, ella se iba a sus cosas y los niños, entretanto, retiraban la mesa y acto seguido la llenaban de libros para hacer los deberes. Lionel iba a su estudio a corregir cuadernos, llevar las cuentas y escuchar las noticias de la radio mientras fumaba una pipa. Alrededor de una hora y media después salía a verificar las tareas de los niños y les acostaba. Siempre les leía, historias distintas para Edward y las niñas. Muchas veces se quedaban dormidos oyendo a Lionel fregar los platos abajo.

Era un hombre afable, de complexión fornida, como un labrador, ojos de un azul lechoso y pelo rojizo, y un corto bigote militar. Era demasiado viejo para que le llamaran a filas: tenía ya treinta y ocho años cuando nació Edward. Lionel rara vez levantaba la voz o pegaba o zurraba con el cinturón a sus hijos, como hacían casi todos los padres. Esperaba que le obedecieran y los niños lo hacían, quizá presintiendo el fardo de las responsabilidades paternas. Naturalmente, daban por sentadas las circunstancias de la familia, a pesar de que a menudo visitaban las casas de sus amigos y veían a aquellas madres bondadosas con el delantal en su feudo fieramente ordenado. Nunca fue obvio para Edward, Anne y Harriet que fuesen menos afortunados que cualquiera de sus amigos. Era Lionel el que cargaba solo con el peso.

Hasta los catorce años Edward no tuvo una comprensión plena de que había algo anormal en su madre, y no recordaba el momento en que, teniendo él unos cinco años, ella había cambiado bruscamente. Al igual que sus hermanas, se habituó al hecho ordinario del trastorno materno. Ella era una figura fantasmal, un duendecillo descarnado y tierno, con el pelo castaño revuelto, que deambulaba por la casa del mismo modo que transitaba por la infancia de sus hijos, a veces comunicativa e incluso afectuosa, y otras veces absorta en sus aficiones y proyectos. Se le oía a cualquier hora del día y hasta en mitad de la noche, toqueteando las mismas piezas sencillas de piano, y titubeaba siempre en los mismos puntos. Pasaba bastantes ratos en el jardín, plantando algo en el arriate informe que acababa de abrir en pleno centro del césped estrecho. La pintura, sobre todo las acuarelas —escenas de colinas lejanas y campanario de iglesia, enmarcadas por árboles en primer plano—, contribuía mucho al desorden general. Nunca limpiaba un pincel ni vaciaba el agua verdosa de los tarros de mermelada, ni recogía las pinturas y trapos ni sus diversos cuadros, ninguno de los cuales terminaba. Llevaba puesta su bata de pintar días enteros, mucho después de que se hubiese apagado el arranque artístico. Otra actividad —quizá sugerida en otro tiempo como una forma de terapia ocupacional— era recortar fotos de revistas y pegarlas en álbumes. Le gustaba moverse por la casa mientras trabajaba, y los recortes de papel sobrantes, pisados sobre la mugre de los tablones desnudos, tapizaban todos los suelos. Los pinceles de cola se endurecían en los botes abiertos donde los dejaba, encima de sillas y alféizares.

Otras aficiones de Marjorie eran observar a los pájaros desde la ventana de la salita, tejer, bordar y hacer arreglos florales, y hacía todo esto con la misma intensidad soñadora y caótica. Por lo general estaba callada, aunque a veces la oían murmurar para sí, mientras llevaba a cabo una tarea difícil: «Ahí..., ahí..., ahí.»

A Edward nunca se le ocurrió preguntarse si ella sería feliz. Tenía, desde luego, sus momentos inquietos, ataques de pánico en que respiraba a tirones y subía y bajaba los brazos a los lados, y de repente centraba toda su atención en los niños, en una necesidad específica que ella sabía que debía atender de inmediato. Edward tenía las uñas demasiado largas, había que remendar un desgarrón en un vestido, las gemelas necesitaban un baño. Se metía entre los niños, azorándose en vano, les reprendía o les abrazaba, les besaba en la cara o hacía todo esto junto, compensando el tiempo perdido. Casi parecía amor, y ellos se le entregaban muy contentos. Pero sabían por experiencia lo arduas que eran las realidades domésticas: no encontraban las tijeras de uñas y el hilo del color correspondiente, y calentar agua para un baño exigía horas de preparativos. Pronto su madre se adentraba de nuevo en su mundo propio.

Estos arrebatos podrían haber obedecido a algún fragmento de su antiguo ser que trataba de imponer control, reconocía a medias la índole de su estado, recordaba débilmente una existencia anterior y, súbita, terroríficamente, vislumbraba la magnitud de su pérdida. Pero la mayoría del tiempo Marjorie se contentaba con la idea, de hecho un complejo cuento de hadas, de que era una esposa y madre abnegada, que el orden reinaba en la casa gracias a su trabajo y que merecía un poco de asueto cuando completaba todas sus tareas. Y a fin de reducir al mínimo sus malos momentos y no alarmar a aquel residuo de su conciencia anterior, Lionel y los niños colaboraban en la fantasía. Al comienzo de una comida, ella podía levantar la cara con que contemplaba los esfuerzos de su marido y decir dulcemente, apartándose el pelo alborotado:

–Espero que te guste. He intentado hacer un plato nuevo.

Era siempre un plato viejo, porque el repertorio de Lionel era reducido, pero nadie la contradecía y, como un rito, al final de cada comida los niños y el padre le daban las gracias. Era una simulación que les reconfortaba a todos. Cuando Marjorie anunciaba que estaba haciendo la lista de la compra para el mercado de Watlington, o que tenía toneladas de sábanas por planchar, un mundo paralelo de radiante normalidad surgía al alcance de toda la familia. Pero la única manera de mantener la fantasía era no mencionarla. Se acostumbraron a ella, viviendo neutralmente en sus absurdidades porque nunca las definían.

De algún modo la protegían de los amigos que los niños llevaban a casa, al igual que les protegían a ellos de ella. El criterio aceptado en el entorno –o bien era lo que oían decir siempre– era que la señora Mayhew era una artista, excéntrica y encantadora, probablemente un genio. A los niños no les avergonzaba oír a su madre decirles cosas que ellos sabían que no eran verdad. No la esperaba un día atareado, no se había pasado toda la tarde haciendo mermelada de moras. No eran falsedades, sino expresiones de lo que su madre era realmente, y estaban obligados a protegerla, en silencio.

Así pues, para Edward fueron unos minutos memorables cuando a los catorce años se encontró a solas con su padre en el jardín y oyó por primera vez que su madre tenía dañado el cerebro. La expresión era un insulto, una invitación blasfema a la deslealtad. *Daño cerebral*. Algo no le funcionaba en la cabeza. Si alguna otra persona hubiese dicho aquello de su madre, Edward no habría tenido más remedio que pelearse con ella y darle una paliza. Pero mientras escuchaba en hostil silencio esta calumnia, sintió que se le quitaba un peso de encima. Por supuesto que era cierto, y no podía negar la verdad. Enseguida empezó a convencerse de que siempre lo había sabido.

Él y su padre estaban de pie debajo del olmo grande un día caluroso y húmedo de finales de mayo. Después de varios días de lluvia, enrarecía el aire la abundancia del verano incipiente, el fragor de pájaros e insectos, la fragancia de la hierba segada y acostada en hileras en el prado delante de la casa, la pujante y ansiosa maraña del jardín, casi inseparable del lindero del bosque al otro lado de la cerca, el polen que deparaba al padre y al hijo el primer atisbo de la fiebre del heno y, en el césped a sus pies, losetas de luz de sol y sombra meciéndose juntas en la brisa ligera. En aquel entorno Edward escuchaba a su padre y trataba de imaginar un día amargo de invierno de diciembre de 1944, el andén concurrido de la estación de Wycombe, y a su madre arrebujada en su abrigo, con una bolsa de la compra en la que llevaba los exiguos regalos navideños de tiempo de guerra. Avanzaba al encuentro del tren procedente de Marylebone que la llevaría a Princes Risborough y desde allí a Watlington, donde la esperaba Lionel. En casa, cuidaba de Edward la hija adolescente de una vecina.

Existe un tipo determinado de pasajero confiado al que le gusta abrir la puerta del vagón un momento antes de que el tren se detenga para saltar al andén con un pequeño brinco seguido de una carrerilla. Quizá al apearse del tren antes de que haya concluido su trayecto, este viajero afirma su independencia: no es un bulto de carga. Quizá revitaliza un recuerdo de juventud o simplemente tiene tanta prisa que cada segundo cuenta. El tren frenó, posiblemente un poco más en seco que de costumbre, y aquel pasajero perdió el control de la puerta al empujarla hacia fuera. El grueso canto de metal golpeó la frente de Marjorie Mayhew con fuerza suficiente para fracturarle el cráneo y dislocar en un instante su personalidad, su inteligencia y su memoria. El coma duró un poco menos de una semana. El viajero, descrito por testigos presenciales como un caballero de la City, de aspecto distinguido y unos sesenta años, con bombín, paraguas plegado y periódico, se escabulló de la escena –la joven, embarazada de gemelos, yacía en el suelo, entre unos cuantos juguetes desparramados– y desapareció para siempre en las calles de Wycombe, con toda su culpa intacta, o eso esperaba Lionel, y así lo dijo.

Aquel curioso momento en el jardín –un hito crucial en la vida de Edward– le grabó en la memoria un recuerdo particular de su padre. Tenía una pipa en la mano que no encendió hasta que concluyó su relato. La tenía agarrada con resolución, con el índice curvado alrededor de la cazoleta y la boquilla suspendida a unos treinta centímetros de la comisura de la boca. Como era domingo no se había afeitado: Lionel no tenía creencias religiosas, aunque observaba las formalidades de la escuela. Le gustaba disponer de un día a la semana para él solo. No afeitándose las mañanas de domingo, un acto excéntrico para un hombre de su posición, se excluía a propósito de todo género de compromiso público. Llevaba una camisa blanca arrugada y sin cuello, que ni siquiera había alisado con la mano. Su actitud era cuidadosa, algo distante: debía de haber ensayado aquella conversación mentalmente. Mientras hablaba, a veces apartaba del hijo la mirada y miraba hacia la casa, como para evocar con mayor precisión el estado de Marjorie, o para vigilar a las niñas. Al terminar, puso la mano en el hombro de Edward, un gesto insólito, y recorrió los pocos metros que faltaban hasta el fondo del jardín, donde la desportillada cerca de madera desaparecía bajo el avance de la maleza. Más allá se extendía un campo de unas dos hectáreas, despoblado de ovejas y colonizado por ranúnculos en dos franjas anchas que se bifurcaban como sendas.

Se quedaron al lado el uno del otro mientras Lionel encendía la pipa por fin y Edward, con la capacidad de adaptación de su edad, continuaba haciendo la silenciosa transición del choque al reconocimiento. Por supuesto, siempre lo había sabido. La falta de un término para el estado de su madre le había mantenido en un estado de inocencia. Nunca había pensado que ella estuviera enferma y al mismo tiempo siempre había aceptado que era distinta. La contradicción la resolvía ahora aquel simple enunciado, el poder de las palabras para hacer visible lo que no se veía. *Daño cerebral.* La expresión disolvía la intimidad, sometía a su madre al frío rasero público que todo el mundo entendía. Un espacio súbito empezaba a abrirse, no sólo entre Edward y su madre, sino también entre él y sus circunstancias inmediatas, y sintió que su propio ser, el núcleo sepultado del mismo al que nunca había prestado atención, cobraba una existencia repentina y cruda, era un puntito brillante del que no quería que nadie más supiera. Ella tenía el cerebro dañado y él no. Él no era su madre y él tampoco era la familia y un día se iría y sólo volvería de visita. Se imaginó que era un visitante ahora y que hacía compañía a su padre después de una larga ausencia en el extranjero, contemplando con él en el campo las amplias bandas de ranúnculos que se bifurcaban justo antes de que la tierra descendiera en suave pendiente hacia el bosque. Fue una sensación solitaria con la que estaba experimentando y se sintió culpable por ello, pero su audacia también le excitaba.

Lionel pareció comprender el rumbo del silencio de su hijo. Le dijo que había sido maravilloso con su madre, siempre amable y servicial, y que aquella conversación no cambiaba nada. Lo único que hacía era dejar constancia de que Edward ya era lo bastante mayor para conocer los hechos. En aquel momento, las gemelas salieron corriendo al jardín, en busca de su hermano, y Lionel sólo tuvo tiempo de repetir: «Lo que te he dicho no cambia absolutamente nada», antes de que las niñas llegaran ruidosamente a donde ellos estaban y empujaran a Edward hacia la casa para que les diera su opinión sobre algo que habían hecho.

Pero por entonces muchas cosas estaban cambiando para él. Estaba en la escuela secundaria de Henley y empezaba a oír a diversos profesores que él podría ser «universitario». Su amigo Simon, de Northend, y todos los demás chicos del pueblo con los que andaba, iban a la escuela politécnica y pronto se marcharían a aprender un oficio o a trabajar en una granja antes de que los llamaran para el servicio militar. Edward confiaba en que su futuro sería diferente. Ya había cierta coacción en el aire cuando estaba con sus amigos, tanto por parte de él como de ellos. Al acumularse los deberes –no obstante su afabilidad, Lionel era un tirano en esta cuestión–, Edward ya no vagaba por el bosque después de clase con los amigos, construyendo campamentos o trampas y provocando a los guardabosques en las fincas de Wormsley o Stonor. Una pequeña localidad como Henley tenía sus pretensiones urbanas y Edward estaba aprendiendo a ocultar el hecho de que conocía los nombres de las mariposas, los pájaros y las flores silvestres que crecían en la tierra de la familia Fane, en el valle recoleto debajo de su casa: la campanilla, la endivia, la escabiosa, las diez variedades de orquídeas, el eléboro y la rara campanilla de invierno. En la escuela, si sabías estas cosas podían tomarte por un palurdo.

Aquel día, la noticia del accidente de su madre no cambió nada exteriormente, pero todos los reajustes y variaciones diminutos en su vida parecieron cristalizar en aquel conocimiento nuevo. Era considerado y amable con ella, siguió ayudando a mantener la falacia de que ella regentaba la casa y de que todo lo que ella decía era cierto, pero ahora él interpretaba un papel a sabiendas, y al hacerlo robustecía aquel nuevo y pequeño cogollo de identidad personal recién descubierto. A los dieciséis años se aficionó a dar largos paseos meditabundos. Le despejaba la mente estar fuera de casa. A menudo recorría Holland Lane, un sendero de caliza hundido y flanqueado por taludes musgosos que se desmoronaban, y bajaba a Turville, y de allí descendía al valle Hambleden hasta el Támesis, cruzando en Henley hacia las colinas de Berkshire. El vocablo «adolescente» aún no había sido acuñado, y nunca se le ocurrió pensar que otra persona pudiera compartir aquella disgregación que sentía y que era a la vez dolorosa y deliciosa.

Sin informar a su padre ni pedirle permiso, hizo autostop a Londres un fin de semana para una manifestación en Trafalgar Square contra la invasión de Suez. Estando allí, en un momento de júbilo decidió que no solicitaría la admisión en Oxford, que era donde Lionel y todos los profesores querían que estudiase. La ciudad se le hacía sobradamente conocida y no lo bastante diferente de Henley. Estudiaría en Londres, donde la gente parecía más grande y ruidosa e imprevisible, y las calles famosas desestimaban su propia importancia. Abrigaba un plan secreto; no quería que causase una oposición temprana. También se proponía eludir el servicio militar, que Lionel había decidido que le sería provechoso. Estos proyectos personales depuraron aún más su sensación de poseer un yo oculto, un apretado nexo de sensibilidad, anhelo y crudo egotismo. A diferencia de algunos de los chicos de la escuela, él no aborrecía su casa y a su familia. Asumía como un hecho los cuartos pequeños y su miseria, y no se avergonzaba de su madre. Simplemente estaba impaciente de que su vida, la historia real, empezara, y tal como eran las cosas no podría empezar hasta que hubiera aprobado los exámenes. Por tanto, trabajó de firme y presentó buenos trabajos, especialmente en historia. Era deferente con sus hermanas y con sus padres, y seguía soñando con el día en que abandonaría la casa de Turville Heath. Pero en un sentido ya la había abandonado.

3

Cuando Florence llegó al dormitorio, soltó la mano de Edward y, apoyándose en uno de los postes de roble que sostenían el dosel de la cama, se encorvó primero hacia la derecha y después hacia la izquierda, inclinando un hombro con gracia cada vez, a fin de quitarse los zapatos. Eran el par de viaje que había comprado con su madre una tarde lluviosa y pendenciera en Debenhams; para Violet era inusual y estresante entrar en una tienda. Eran de piel flexible y color azul claro, con tacones bajos y un lazo diminuto en la parte delantera, habilidosamente entrelazado en una piel de un azul más oscuro. La recién casada no se apresuraba en sus movimientos; era otra de aquellas tácticas dilatorias que la comprometían aún más. Era consciente de la mirada embelesada de su marido, pero por el momento no se sentía tan agitada ni presionada. Al entrar en el dormitorio, se había zambullido en un estado de malestar y ensueño que la entorpecía como un traje de buceo antiguo en agua profunda. Sus pensamientos no parecían suyos: se los insuflaban, sustituyendo al oxígeno.

Y en aquel estado había tenido conciencia de una frase musical simple y majestuosa, que sonaba y se repetía a la manera inaprensible y penumbrosa de la memoria auditiva, y que la siguió hasta el borde de la cama, donde sonó de nuevo mientras ella sostenía un zapato en cada mano. La frase conocida –alguien habría dicho incluso que famosa– constaba de cuatro notas en ascenso que parecían estar planteando una pregunta tentativa. Como el instrumento era un violoncelo en lugar de su violín, el interrogador no era ella misma sino un observador imparcial, ligeramente incrédulo, pero asimismo insistente, pues tras un breve silencio y una respuesta prolongada y poco convincente, el chelo hizo otra vez la pregunta en términos diferentes, con un acorde distinto, y luego la reiteró una y otra vez, recibiendo cada vez una respuesta dudosa. No era una serie de palabras que ella pudiese emparejar con las notas; no era como algo que se estuviese diciendo. El interrogante no tenía contenido, era tan puro como un signo de interrogación.

Era la obertura de un quinteto de Mozart, la causa de cierta disputa entre Florence y sus amigos porque tocarlo había requerido incorporar otra viola y los demás preferían evitar complicaciones. Pero Florence se empeñó, quería a alguien para aquella pieza y cuando invitó a una amiga del mismo pasillo a unirse a ellas para un ensayo y una repentización completa, el chelista, naturalmente, en su vanidad se entusiasmó y las demás enseguida sucumbieron al sortilegio. ¿Quién no? Si la frase de obertura planteaba una cuestión difícil sobre la cohesión del cuarteto Ennismore –llamado así por la dirección de la residencia femenina–, Florence la zanjó frente a la oposición, una contra tres, con su firmeza y con su inflexible sentido del buen gusto propio.

Mientras cruzaba el dormitorio, todavía de espaldas a Edward e intentando ganar tiempo, y depositaba con cuidado los zapatos en el suelo, al lado del ropero, las cuatro notas le recordaron aquella otra faceta de su carácter. La Florence que dirigía el cuarteto, que fríamente imponía su voluntad, nunca se sometería dócilmente a las expectativas convencionales. No era un cordero para que la acuchillaran sin quejarse. O para que la penetrasen. Se preguntaría a sí misma qué quería exactamente y qué no quería del matrimonio, y se lo diría en voz alta a Edward, y esperaba llegar a algún tipo de transacción con él. Desde luego, lo que cada uno deseaba no lo obtendría a expensas del otro. El propósito era amar y que los dos fueran libres. Sí, tenía que decir lo que pensaba, como hacía en los ensayos, y ahora iba a hacerlo. Hasta tenía esbozada una pro-

93

puesta que podría formular. Separó los labios y respiró. Después se volvió, al oír el sonido de una tabla del suelo, y Edward iba hacia ella, sonriente, con su hermoso rostro un poco sonrosado, y la idea liberadora —como si ella nunca la hubiese concebido— se esfumó.

El vestido de recién casada era de un liviano algodón veraniego, azul claro, una combinación perfecta con sus zapatos, y descubierto sólo al cabo de muchas horas recorriendo aceras entre Regent Street y Marble Arch, por suerte sin su madre. Cuando Edward estrechó a Florence no fue para besarla, sino primero para apretar el cuerpo contra el suyo y después para ponerle una mano en la nuca y buscar la cremallera del vestido. La otra mano la puso plana y firme contra los riñones de Florence y le estaba cuchicheando al oído, tan alto y tan cerca que ella sólo oyó un rugido de aire caliente y húmedo. Pero no se podía desabrochar la cremallera con una sola mano, no, por lo menos, los primeros centímetros. Había que sujetar con una mano la parte superior del vestido para desabrocharlo, pues de lo contrario la tela fina, al fruncirse, se enganchaba. Ella, para ayudarle, se habría pasado la mano por encima del hombro, pero tenía los brazos atrapados y, además, no estaba bien mostrarle cómo había que hacer. Ante todo no quería herir la susceptibilidad de Edward. Con un suspiro agudo, él tiró más fuerte de la cremallera, con intención de forzarla, pero ya había llegado al punto en que no se movía hacia arriba ni hacia abajo. Florence pareció por un momento atrapada dentro del vestido.

–Oh, Dios, Flo. Estate quieta, ¿quieres?

Ella se paralizó, obedeciendo, horrorizada por la agitación que detectó en su voz, y tuvo la certeza automática de que la culpa era suya. Al fin y al cabo, era su vestido, su cremallera. Pensó que podría haber ayudado zafarse y darle la espalda, y acercarse más a la ventana para que hubiese más luz. Pero esto podría parecer desafección, e interrumpirle delataría la magnitud del problema. En casa recurría a su hermana, que era diestra con los dedos, a pesar de que era pésima al piano. La madre no tenía paciencia para nimiedades. Pobre Edward: notó en los hombros los trémulos esfuerzos que hacían sus brazos al emplear las dos manos, y se imaginó los gruesos dedos masculinos forcejeando entre los pliegues de tela fruncida y obstinado metal. Le compadecía y a la vez estaba un poco asustada. Quizá le enfureciera aún más hasta la más tímida sugerencia. Por tanto, aguardó pacientemente hasta que al fin él la soltó con un gemido y retrocedió.

De hecho, se había arrepentido.

–Lo siento de verdad. Es un lío. Soy torpísimo.

–Cariño. A mí me ocurre muchas veces.

Fueron a sentarse juntos en la cama. Él sonrió para darle a entender que no la creía, pero que agradecía el comentario. Allí, en el dormitorio, por las ventanas abiertas de par en par se veía el mismo panorama de césped del hotel, bosque y mar. Un cambio brusco de viento o marea, o quizá fuese la estela de un barco que pasaba, les llevó el sonido de varias olas rompiendo en sucesión, recios impactos contra la orilla. Después, con la misma brusquedad, las olas volvieron a ser como antes, un tintineo y un rastrilleo suave a través de los guijarros.

Ella le rodeó el hombro con el brazo.

—¿Quieres saber un secreto?

—Sí.

Ella le tomó el lóbulo de una oreja entre el pulgar y el índice, le tiró de la cabeza con suavidad hacia ella y susurró:

—La verdad es que estoy un poco asustada.

No era estrictamente exacto, pero, reflexiva como era, nunca habría podido describir el abanico de sus sentimientos: una seca sensación física de encogimiento tenso, una repulsión general hacia lo que pudieran pedirle que hiciera, vergüenza ante la perspectiva de decepcionar a Edward y de revelarse como un engaño. Se disgustaba ella misma, y cuando susurró la confesión, pensó que las palabras le silbaban dentro de la boca como las de un villano de teatro. Pero era mejor decir que estaba asustada que reconocer aversión o vergüenza. Tenía que hacer todo lo posible para empezar a rebajar las expectativas de su marido.

Él la estaba mirando y nada en su expresión de-

notó que la hubiese oído. Incluso en medio del ato-
lladero, a Florence le maravillaron los ojos castaño
claro de Edward. Qué bondadosa inteligencia y cle-
mencia. Quizá si los miraba fijamente y sólo los veía
a ellos pudiese hacer cualquier cosa que él le pidiera.
Se entregaría a él sin reservas. Pero era una fantasía.

–Creo que yo también –dijo él por fin. Mientras hablaba colocó la mano justo encima de la rodilla de Florence, la deslizó por debajo del dobladillo del vestido y la descansó en la cara interior del
muslo, tocando justo las bragas con el pulgar. Ella
tenía las piernas desnudas y tersas, y morenas de so-
learse en el jardín y en partidos de tenis con antiguas
condiscípulas en las pistas públicas de Summertown, y en dos largas comidas campestres con Edward en las colinas floridas encima del hermoso
pueblo de Ewelme, donde estaba sepultada la nieta
de Chaucer. Siguieron mirándose a los ojos: en esto
eran maestros. Ella tenía tal conciencia del contacto
de Edward, de la presión cálida y pegajosa de su
mano contra la piel, que imaginaba, *veía* con niti-
dez el largo y curvado pulgar en la penumbra azul
debajo de su vestido, acechando paciente como una
máquina de guerra al otro lado de las murallas de la
ciudad, la uña bien recortada rozando la seda color
crema arrugada en festones diminutos a lo largo de
la cenefa de encaje, y tocando también –estaba segura, lo notaba claramente– un pelo curvilíneo que
asomaba por el borde.

97

Hacía todo lo posible para impedir que se le tensara un músculo de la pierna, pero era algo ajeno a su voluntad, actuaba sin su permiso, tan inevitable y poderoso como un estornudo. Aquella pérfida franja de músculo no le dolió al contraerse en un leve espasmo, pero sintió que la estaba delatando, dando la primera indicación de la gravedad de su problema. Él sin duda notó la pequeña tormenta que bullía debajo de su mano, porque ensanchó los ojos una pizca, y el arco de sus cejas y la insonora separación de sus labios sugirieron que estaba impresionado, incluso sobrecogido, al confundir con ansiedad la zozobra de Florence.

«¿Flo...?» Dijo su nombre con cautela, con un altibajo, como si quisiera serenarla, o disuadirla de una acción impetuosa. Pero él también estaba aplacando una pequeña tempestad propia. Su respiración era superficial e irregular, y una y otra vez despegaba la lengua del paladar, con un sonido blando y viscoso.

Es vergonzoso a veces que el cuerpo no quiera, o no pueda, ocultar emociones. ¿Quién, por decoro, ha frenado alguna vez el corazón o sofocado un rubor? Indisciplinado, el músculo de Florence brincaba y se agitaba como una polilla atrapada debajo de su piel. En ocasiones tenía una dificultad similar con el párpado. Pero quizá el alboroto estaba remitiendo; no lo sabía seguro. Recurrió a la ayuda de los elementos básicos, y los enunció en silencio con una claridad estúpida: él tenía allí la mano porque era su marido; ella la dejaba estar porque era su mujer. Algunas amigas suyas –Greta, Hermione, en especial Lucy– llevarían ya horas desnudas entre las sábanas y habrían consumado aquel matrimonio –ruidosa, jubilosamente– mucho antes de la boda. En su afecto y generosidad, incluso tenían la impresión de que era exactamente lo que Florence había hecho. Ella nunca les había mentido, pero tampoco les había aclarado las cosas. Al pensar en sus amigas, percibió el extraño sabor no compartido de su existencia: estaba sola.

En vez de avanzar, la mano de Edward –tal vez le había puesto nervioso lo que había desencadenado– se meció ligeramente en su sitio, manoseando con delicadeza el muslo de Florence. Quizá por esta razón el espasmo estaba cesando, pero ella ya no prestaba atención. Tuvo que haber sido accidental, ya que Edward no podía haberlo sabido mientras su mano le palpaba la pierna, la yema del pulgar pulsaba contra el pelo señero que asomaba curvilíneo por debajo de las bragas, y lo columpiaba de un lado para otro, lo removía en su raíz, a lo largo del nervio del folículo, un mero asomo de una sensación, un inicio casi abstracto, tan infinitamente pequeño como un punto geométrico que creciese hasta formar una minúscula mota de borde liso, y siguiera creciendo. Ella lo dudó, lo negó, no obstante sentir que se hundía y se doblaba interiormente en dirección a aquel punto. ¿Cómo podía la raíz de un pelo solitario imantar su cuerpo entero? Al ritmo acariciante de la mano de Edward, en latidos constantes, aquel único punto de contacto se esparció por la superficie de la piel, le cruzó el vientre y descendió palpitante hasta el perineo. No era una sensación del todo desconocida: algo entre un dolor y un picor, pero más tenue, más cálido y, de algún modo, más vacío, una dolorosa vacuidad placentera que emanaba de un folículo rítmicamente estimulado, se extendía en círculos concéntricos por todo su cuerpo y ahora se adentraba más aún en él.

Por primera vez, su amor por Edward estuvo asociado a una definible sensación física, tan irrefutable como un vértigo. Antes sólo había conocido un caldo reconfortante de emociones cálidas, un espeso manto invernal de bondad y confianza. Aquello le había parecido suficiente, un logro en sí mismo. Ahora despuntaban por fin los albores del deseo, preciso y ajeno, pero claramente suyo; y, más allá, como suspendido encima y detrás de ella, justo fuera del alcance de su vista, estaba el alivio de ser igual que todo el mundo. A los catorce años, desesperada por su tardío desarrollo y por el hecho de que todas sus amigas ya tenían pechos mientras que ella parecía todavía una niña de nueve años gigantesca, tuvo un instante de revelación semejante delante del espejo, la noche en que por vez primera discernió y sondeó una nueva y tirante turgencia alrededor de los pezones. Si su madre no hubiera estado preparando su clase sobre Spinoza en el piso de abajo, Florence habría gritado de júbilo. Era innegable: ella no era una subespecie aislada de la especie humana. Triunfal, pertenecía al género.

Ella y Edward aún se sostenían las miradas. Hablar parecía descartado. Ella fingía a medias que no pasaba nada, que él no tenía la mano debajo del vestido, que el pulgar no estaba columpiando de un lado para otro a un pelo púbico extraviado y que ella no estaba haciendo un importantísimo descubrimiento sensorial. Detrás de la cabeza de Edward se extendía una vista parcial de un pasado lejano —la puerta abierta, la mesa del comedor junto a la puertaventana y los residuos en torno a la cena intacta—, pero no se permitió desviar la mirada para captarla. A pesar de la sensación agradable y del alivio, subsistía la aprensión, un muro alto que no era fácil demoler. Tampoco ella quería hacerlo. No obstante la novedad, no se hallaba en un estado de abandono delirante, ni quería que le apresurasen hacia ello. Quería demorarse en aquel momento espacioso, en aquella tesitura, plenamente vestidos, con la suave mirada castaña y la caricia tierna y la emoción creciente. Pero sabía que era imposible y que, como decía todo el mundo, una cosa tenía que llevar a otra.

Edward tenía aún la cara extrañamente rosada, las pupilas dilatadas, los labios despegados, la respiración igual que antes: superficial, irregular, rápida. La semana de preparativos de boda, de contención enloquecida, empezaba a pesar fuerte sobre la joven química de su cuerpo. Florence era tan preciosa y vívida ante él y no sabía muy bien qué hacer. En la luz menguante, el vestido azul del que no la había conseguido despojar brillaba oscuro contra el cobertor blanco de la cama. Cuando tocó por primera vez el muslo interno, la piel de Florence estaba sorprendentemente fría, y por alguna razón esto le había excitado intensamente. Al mirarla a los ojos, tenía la sensación de caerse hacia ella, en un movimiento de vértigo constante. Se sentía atrapado entre la presión de su deseo y el fardo de su ignorancia. Aparte de las películas, los chistes verdes y las anécdotas soeces, casi todo lo que sabía de las mujeres procedía de la propia Florence. La perturbación que percibía bajo la mano bien podía ser una señal elocuente a la que cualquiera podría haberle dicho cómo reconocer y reaccionar, una especie de precursor del orgasmo femenino, quizá. Del mismo modo, podían ser nervios. No lo sabía, y le alivió que aquello empezara a remitir. Recordó una vez en que, en un vasto trigal a las afueras de Ewelme, estuvo sentado a los mandos de una cosechadora, tras haber alardeado ante el granjero de que sabía manejarla, y no se atrevió a tocar una sola palanca. Simplemente, no era ducho en estas lides. Por un lado, había sido ella la que le condujo al dormitorio, la que se descalzó con aquel abandono y le dejó que le pusiera la mano tan cerca. Por otro, sabía por larga experiencia lo fácil que un movimiento impetuoso podía dar al traste con sus posibilidades. Además, mientras tenía la mano allí posada, palpando el muslo, ella siguió clavándole una mirada tan invitadora –se le dulcificaron las facciones acusadas, entornó los ojos y luego los abrió de par en par para encontrar los de Edward, y ahora Florence echó hacia atrás la cabeza– que su cautela era sin duda absurda. Aquella indecisión era una locura suya. Estaban casados, cielo santo, y ella le estaba alentando, apremiando, ansiosa de que él tomara la iniciativa. Pero él aún no había olvidado los recuerdos de la época en que había interpretado mal los signos, el más espectacular de todos en el cine, en la proyección de *Un sabor a miel*, cuando ella se había levantado de un salto y había salido al pasillo como una gacela sobresaltada. Costó semanas reparar aquel error único: fue un desastre que él no osó repetir, y era escéptico respecto al hecho de que una ceremonia nupcial de cuarenta minutos creara una diferencia tan profunda.

El aire en el dormitorio parecía haberse enrarecido, era inconsistente y costaba trabajo respirar. Le azoró un acceso de bostezos nerviosos, que reprimió frunciendo y ensanchando las ventanas nasales: no ayudaría en nada que ella pensara que se estaba aburriendo. Le dolía terriblemente que su noche de bodas no fuera simple cuando su amor era tan obvio. Consideraba tan peligroso su estado de excitación, ignorancia y titubeo porque no se fiaba de sí mismo. Era capaz de una conducta estúpida, y hasta explosiva. Sus amigos universitarios le tenían por uno de esos tipos callados, propensos a ocasionales erupciones violentas. Según su padre, ya en su más tierna infancia había tenido rabietas tremendas. En sus años escolares y en su época universitaria de vez en cuando le había atraído la libertad salvaje de una pelea a puñetazos. Desde los combates en el patio de escuela, alrededor de los cuales niños vociferando como locos formaban un corro de espectadores, hasta una cita solemne en un claro del bosque, cerca del límite del pueblo, Edward encontraba en pelearse un albur emocionante y descubría un ego espontáneo y decisivo que le esquivaba en el resto de su tranquila existencia. Nunca buscaba aquellas situaciones, pero cuando surgían, determinados aspectos —los amigos que le incitaban o le contenían, la puesta en guardia, la pura rabia del oponente— eran irresistibles. Le invadía algo como una visión de túnel y una sordera, y de repente entraba de nuevo en liza, se sumía en un placer olvidado, como emergiendo a un sueño recurrente. Como en una borrachera estudiantil, el dolor llegaba después. No era un gran pugilista, pero poseía el útil don de la temeridad física, y estaba bien colocado para subir las apuestas. También era fuerte.

Florence nunca le había visto aquella insania y él no tenía intención de hablarle de ella. No se había peleado desde hacía dieciocho meses, desde enero de 1961, en el segundo trimestre de su último curso. Fue un suceso unilateral, e insólito en el hecho de que Edward tenía cierto motivo, un grado de justicia de su lado. Caminaba por Old Compton Street hacia el French Pub de Dean Street con otro estudiante de tercer año de historia, Harold Mather. Era al atardecer y salían de la biblioteca de Malet Street para reunirse con unos amigos. En el colegio donde estudió Edward, Mather habría sido la víctima perfecta: era bajo, un metro sesenta y tres escaso, llevaba gafas gruesas, tenía unos rasgos cómicamente aplastados y era exasperantemente locuaz e inteligente. En la universidad, sin embargo, brillaba, gozaba de un gran prestigio. Poseía una importante colección de discos de jazz, editaba una revista literaria, *Encounter* le había aceptado un cuento, aunque aún no se lo había publicado, era hilarante en debates formales del sindicato y un buen imitador: imitaba a Macmillan, Gaitskell, Kennedy, Jrushov en un falso ruso, y también a dirigentes africanos y a humoristas como Al Read y Tony Hancock. Reproducía todas las voces y sketches de *Beyond the Fringe*, le consideraban con mucho el mejor alumno del grupo de historia. Edward juzgaba que era un progreso en su vida, un testimonio de una nueva madurez, el hecho de que valorase su amistad con un chico al que en otro tiempo quizá se hubiera esforzado en evitar.

A aquella hora, al atardecer de un día laborable de invierno, Soho justo empezaba a animarse. Los pubs estaban llenos pero los clubs aún no habían abierto y las aceras no estaban concurridas. Fue fácil ver a la pareja que caminaba hacia ellos por Old Compton Street. Eran *rockers:* él era grandote, de unos veinticinco años, con patillas largas, chupa de cuero tachonada de clavos, vaqueros prietos y botas, y su novia regordeta, que le agarraba del brazo, vestía un atuendo idéntico. Al pasar, y sin detener la marcha, el hombre balanceó el brazo para asestar un manotazo fuerte con la palma en la nuca de Mather, que le hizo tambalearse y le lanzó las gafas Buddy Holly patinando a través de la calzada. Fue un acto de eventual desprecio por la estatura y el aspecto estudioso de Mather, o por el hecho de que parecía judío, y lo era. Quizá el tipo pretendía impresionar o divertir a la chica. Edward no se paró a pensarlo. Cuando avanzó a zancadas detrás de la pareja, oyó a Harold gritarle algo como «no» o «deja», pero era precisamente la clase de súplica para la que ya era sordo. De nuevo estaba en el sueño. Le habría resultado difícil describir su estado: su cólera se había elevado y ascendía en espiral hacia una especie de éxtasis. Con la mano derecha agarró al tipo del

106

hombro y le obligó a darse vuelta, y con la izquierda le aferró la garganta y le empujó contra una pared. La cabeza del *rocker* produjo un ruido satisfactorio al chocar contra una tubería de hierro. Sin soltarle el cuello, Edward le golpeó en la cara, un solo golpe, pero muy fuerte, con el puño cerrado. Después volvió para ayudar a Mather a buscar las gafas, uno de cuyos cristales se había roto. Siguieron su camino y dejaron el otro sentado en la acera, tapándose la cara con las dos manos mientras su novia se inclinaba a atenderle.

Edward tardó un rato aquella noche en comprender que Harold Mather no le estaba agradecido, y después en percatarse de su silencio, o de su silencio con respecto a él, y aún más tiempo, un día o dos, en entender que su amigo no sólo lo desaprobaba, sino algo peor: estaba avergonzado. En el pub ninguno de los dos contó a los amigos el episodio, y posteriormente Mather no habló del incidente con Edward. Una reprimenda habría sido un alivio. Sin hacer ostentación, Mather le rehuía. Aunque se veían en compañía de otros y Mather nunca se mostraba claramente distante de Edward, la amistad entre ambos nunca volvió a ser la misma. Edward se atormentaba al pensar que a Mather le había repugnado su conducta, pero no tenía el valor de suscitar el tema. Además, Mather se aseguraba de que no se quedaran a solas. Al principio creyó que su error fue haber lastimado el orgullo de Mather presenciando su humillación, que Edward después había agravado actuando como su defensor y demostrando que él era un hombre recio y Mather, por el contrario, un alfeñique vulnerable. Más adelante, Edward comprendió que lo que había hecho no era correcto, y su vergüenza fue tanto mayor. Las peleas callejeras no casaban con la poesía y la ironía, el *bop* o la historia. Era culpable de una falta de gusto. No era la persona que él pensaba que era. Lo que creía que era una rareza interesante, una virtud tosca, resultaba ser una vulgaridad. Era un chico del campo, un idiota provinciano que pensaba que un puñetazo con el puño desnudo podía impresionar a un amigo. Fue una reconsideración humillante. Estaba dando uno de los pasos típicos de la primera madurez: el descubrimiento de que había nuevos valores por los que prefería ser juzgado. Desde entonces, Edward se había mantenido al margen de peleas.

Pero ahora, en su noche de bodas, no tenía confianza en sí mismo. No estaba seguro de que la visión de túnel y la sordera selectiva no le asaltarían de nuevo, de que no le envolvieran como una niebla invernal en Turville Heath y oscureciesen su yo más reciente y complejo. Llevaba más de minuto y medio sentado al lado de Florence, con la mano debajo de su vestido, acariciándole el muslo. Su dolorosa ansia crecía hasta un punto intolerable y le asustaban su propia impaciencia salvaje y las palabras o acciones furiosas que pudiera provocar, y con ello el fin de la velada. Amaba a Florence, pero quería despertarla con un zarandeo o desarmar de una bofetada su rígida postura, como la que adoptaba ante el atril de música, sus convenciones de North Oxford, y hacerle ver lo sencillo que en realidad era: allí tenían, al alcance de la mano, una ilimitada libertad sensual, incluso bendecida por el vicario –*Te adoraré con mi cuerpo*–, una sucia, jubilosa libertad de miembros desnudos, que subía en su imaginación como una vasta catedral etérea, en ruinas quizá, sin tejado, con bóveda de tracería, hasta los cielos, que ascenderían ingrávidos en un abrazo poderoso y se poseerían, se ahogarían mutuamente en las oleadas de un embeleso apasionado y ciego. ¡Era sencillísimo! ¿Por qué no estaban los dos allá arriba, en vez de allí sentados, reprimidos por todas las cosas que no se atrevían a decir o no sabían cómo decirlas?

¿Y qué se interponía entre ellos? Su personalidad y su pasado respectivos, su ignorancia y temor, su timidez, su aprensión, la falta de un derecho o de experiencia o desenvoltura, la parte final de una prohibición religiosa, su condición de ingleses y su clase social, y la historia misma. Poca cosa en definitiva. Edward apartó la mano, estrechó a Florence y la besó en los labios, con toda la contención de que fue capaz, reteniendo la lengua. La tendió de espaldas en la cama de tal forma que la cabeza de Florence quedó recostada en su brazo. Se tumbó a su lado, apoyado en el codo del mismo brazo, y la miró. La cama crujía lastimeramente cuando se movían, un recordatorio de otras parejas que habían yacido allí, sin duda todas más expertas que ellos. Edward contuvo un súbito impulso de reírse al pensar en una cola solemne de parejas que, a lo largo del tiempo, llegaba hasta el pasillo y bajaba hasta la recepción. Era importante no pensar en ellas; la comedia mataba el erotismo. También tuvo que ahuyentar la idea de que él aterraba a Florence quizá. Si lo creía no podría hacer nada. Ella se mostraba dócil en sus brazos, con los ojos aún clavados en los suyos, la cara fláccida y una expresión incierta. Su respiración era regular y profunda, como la de un durmiente. Él susurró su nombre y volvió a decirle que la amaba, y ella pestañeó y separó los labios, quizá asintiendo, o incluso correspondiendo. Él empezó a despojarle de las bragas con la mano libre. Ella se tensó, pero no se resistió, y levantó de la cama las nalgas, o las levantó a medias. Se oyó de nuevo el triste sonido de los muelles del colchón o el bastidor de la cama, como el balido de un cordero pascual. Ni siquiera con la mano libre estirada al máximo era posible seguir acunando la cabeza de Florence mientras le pasaba las bragas por las rodillas y alrededor de los tobillos. Ella le ayudó doblando las rodillas. Una buena señal. Él no osó un nuevo intento con la cremallera del vestido y así el sujetador, por el momento —de seda azul claro, había él vislumbrado, con un fino ribete de encaje—, debía permanecer en su sitio. Adiós al ingrávido abrazo de miembros desnudos. Pero la veía hermosa como estaba, tendida sobre el brazo de Edward, con el vestido recogido en torno a los muslos y mechones de pelo revuelto esparcidos sobre el cobertor. Una reina del sol. Se besaron otra vez. Él sentía náuseas de indecisión y deseo. Para desvestirse habría tenido que alterar aquella prometedora postura de sus cuerpos y arriesgarse a romper el sortilegio. Un ligero cambio, una combinación de factores minúsculos, pequeños céfiros de duda y ella podría cambiar de idea. Pero él creía firmemente que hacer el amor —y la primerísima vez— sin nada más que desabrocharse la bragueta era poco sensual y burdo. Y descortés.

Al cabo de unos minutos, se escabulló del lado de Florence y se desvistió apresuradamente junto a la ventana, dejando libre de toda banalidad semejante una zona preciosa alrededor de la cama. Se pisó los talones de los zapatos para descalzarse y se arrancó los calcetines con rápidos movimientos de los pulgares. Observó que ella no le miraba a él, sino hacia arriba, al dosel combado que había encima. En cuestión de segundos él se despojó de todo menos la camisa, la corbata y el reloj de pulsera. En cierto sentido, la camisa, en parte encubriendo y en parte recalcando su erección, como un monumento público cubierto por una colgadura, reconocía educadamente el código impuesto por el vestido de Florence. La corbata era a todas luces absurda, y al volver hacia la cama se la quitó con una mano mientras se aflojaba con la otra el botón superior. Fue un movimiento de arrogancia confiada, y por un instante recobró una idea de sí mismo que tuvo en otro tiempo, la de un muchacho tosco pero básicamente decente y capaz, y luego se esfumó. El fantasma de Harold Mather le inquietaba aún.

Florence optó por no incorporarse y ni siquiera cambió de postura; tumbada de espaldas, miraba el paño plisado de color galleta, sostenido por postes que pretendían evocar, supuso, una antigua Inglaterra de castillos de piedra fría y amor cortés. Se concentró en la trama desigual de la tela, en una mancha verde del tamaño de una moneda –¿cómo habría llegado allí?– y en una hebra colgante, mecida por las corrientes de aire. Procuraba no pensar en el futuro inmediato, o en el pasado, y se imaginó aferrada a aquel momento, el precioso presente, como un escalador sin cuerda en un acantilado, apretando fuerte la cara contra la roca y sin osar moverse. Un agradable aire frío transitaba entre sus piernas desnudas. Escuchaba las olas lejanas, los graznidos de las gaviotas argénteas y el sonido de Edward desvistiéndose. Aquí volvía el pasado, de todos modos, el pasado indistinto. Era el olor del mar el que lo invocaba. Tenía doce años y estaba tumbada así, esperando, tiritando en la estrecha litera con bruñidos lados de caoba. Tenía la mente en blanco, se creía deshonrada. Al cabo de una travesía de dos días, estaban una vez más en la calma del puerto de Carteret, al sur de Cherburgo. Era tarde en la noche y su padre se movía en el oscuro camarote apretado para desvestirse como Edward ahora. Recordaba el susurro de las ropas, el tintineo de un cinto al desatarse, o de llaves o de monedas sueltas. Su única tarea consistía en mantener los ojos cerrados y pensar en una canción que le gustaba. O en cualquier canción. Recordaba el olor dulzón de comida casi podrida en el aire viciado de un barco después de un viaje tempestuoso. En la travesía solía marearse muchas veces y era una perfecta inútil para su padre como tripulación, y sin duda era esto la causa de su vergüenza.

Tampoco pudo evitar los pensamientos sobre el futuro inmediato. Confiaba en que, ocurriera lo que ocurriese, recobraría alguna modalidad de aquella sensación placentera y expansiva, que crecería hasta inundarla y sería un anestésico para sus miedos y la libraría de la deshonra. Parecía improbable. El auténtico recuerdo de la sensación, de habitarla, de conocer realmente cómo era, ya se había quedado reducido a un árido hecho histórico. Había acontecido una vez, como la batalla de Hastings. Con todo, era su única posibilidad, y por ende era preciosa, como un cristal antiguo y delicado, que era fácil dejar caer al suelo y otro buen motivo para no moverse.

Notó que la cama se hundía y vibraba cuando Edward se subió encima y su cara, suplantando al dosel, ocupó el campo de visión de Florence. Amablemente, levantó la cabeza para que él pudiese de nuevo deslizar el brazo por debajo para que le sirviera de almohada. La estrechó fuerte contra todo su cuerpo. Ella tenía a la vista la oscuridad de las fosas nasales de Edward y un pelo solitario y torcido en la izquierda, como un hombre inclinado delante de una gruta, que temblaba con cada exhalación de aire. A Florence le gustaban las líneas, claramente definidas, de aquella hendidura en forma de insignia sobre el labio superior. A la derecha del hemistiquio del labio había una mancha rosa, la turgencia diminuta de un alfilerazo, los inicios o las huellas evanescentes de un lunar. Florence percibió contra la cadera la erección, palpitante y dura como un palo de escoba, y, para su sorpresa, no le importó mucho. Lo que no quería, al menos no todavía, era verla.

Sellaron su reunión, él bajó la cabeza y se besaron; la lengua de Edward apenas rozó la punta de la de Florence, y ella se lo agradeció de nuevo. Conscientes del silencio en el bar de abajo —ni radio ni conversación—, se susurraron «Te quiero». La tranquilizó enunciar, aunque en voz baja, la fórmula perenne que les vinculaba y que demostraba, en efecto, que tenían intereses idénticos. Florence se preguntó si incluso llegaría a sobreponerse y a ser lo bastante fuerte para fingir de un modo convincente, y más adelante, en sucesivas ocasiones, reducir sus inquietudes a fuerza de pura familiaridad, hasta que sinceramente pudiese recibir y dar placer. No era necesario que él lo supiera, al menos no hasta que ella se lo contara, desde el fondo cálido de su nueva confianza, como si fuera una historia divertida: en aquel entonces, cuando ella era una chica ignorante, desdichada en sus miedos insensatos. Ahora ni siquiera tuvo reparos en que él le tocase los pechos, cuando en otro tiempo se hubiese retraído. Había esperanza, y al pensarlo Florence se estrechó más contra el pecho de Edward. Supuso que se había dejado puesta la camisa porque tenía los preservativos en el bolsillo superior, al alcance de la mano. Con una de ellas le recorría la longitud del cuerpo y le estaba remangando hasta la cintura el dobladillo de la falda. Edward siempre había sido discreto sobre las chicas con las que había hecho el amor, pero ella no dudaba de que poseía una abundante experiencia. Sintió que el aire estival que entraba por la ventana abierta le cosquilleaba el vello púbico al descubierto. Ya se había adentrado demasiado en un territorio nuevo para volver atrás.

Florence nunca había pensado que los preámbulos del amor se realizasen como una pantomima, en un silencio tan vigilante e intenso. Pero aparte de las dos palabras obvias, ¿qué podía decir ella que no sonase afectado o idiota? Y como él estaba callado, pensó que debía de ser la pauta convencional. Habría preferido que hubiesen murmurado las ternezas tontas que solían decirse cuando pasaban la tarde vagueando tumbados en el dormitorio de Florence en North Oxford, totalmente vestidos. Ella necesitaba sentirse próxima a él para dominar al demonio del pánico que sabía que se aprestaba a aplastarla. Tenía que saber que él estaba con ella, a su lado, y que no iba a utilizarla, que era su amigo y era bueno y tierno. De lo contrario todo saldría mal, todo sería muy solitario. Dependía de él para que le infundiese seguridad en sí misma, más allá del amor, y al final no pudo reprimir una orden estúpida:

−¡Dime algo!

Un efecto inmediato y benéfico fue que la mano de Edward se detuvo en seco, no lejos de donde estaba antes, a unos centímetros del ombligo. Miró a Florence, con un ligero temblor en los labios: nervios, quizá, o una sonrisa incipiente, o un pensamiento en proceso de convertirse en palabras.

Para alivio de Florence, él captó el mensaje y recurrió a la forma de estupidez familiar. Dijo, solemne:

−Tienes una cara preciosa y un carácter hermoso y codos y tobillos sexis, y una clavícula, un putamen y un vibrato que todos los hombres tienen que adorar, pero tú me perteneces totalmente y yo me alegro y estoy orgulloso.

–Muy bien, puedes besarme el vibrato –dijo ella.

Él le tomó la mano izquierda y le chupó una tras otra las yemas de los dedos, y puso la lengua sobre los callos de violinista que había en ellos. Se besaron y fue en aquel momento de relativo optimismo para Florence cuando notó tensos los brazos de Edward y de pronto, en un hábil movimiento atlético, él rodó encima de ella y aunque cargó su peso sobre todo en los codos y los antebrazos plantados a ambos lados de la cabeza de Florence, ella se sintió inmovilizada e indefensa, y un poco sofocada debajo de su corpulencia. Se sintió decepcionada de que él no se hubiese entretenido en acariciarle otra vez la región púbica y desencadenar aquel extraño y expansivo escalofrío. Pero su preocupación inmediata –una mejora sobre la repulsión o el miedo– era guardar las apariencias, no desairarle a él ni humillarse ella o parecer una pálida sombra comparada con todas las mujeres que él habría conocido. Iba a sobrellevar aquello. Edward nunca sabría el esfuerzo que le costaba aparentar calma. Su único deseo era complacerle y que la noche fuera un éxito, no tenía ninguna otra sensación que una conciencia de la punta del pene, extrañamente fría, que repetidamente chocaba y empujaba contra y alrededor de su

117

uretra. Pensó que tenía controlados el pánico y el asco, amaba a Edward y lo único en que pensaba era en ayudarle a que tuviera lo que tan ardientemente deseaba y que la amase tanto más por ello. Fue con este ánimo como deslizó la mano derecha entre la ingle de Edward y la suya. Él se alzó un poco para abrirle paso. Le complació a sí misma haber recordado que el manual rojo decretaba que era perfectamente aceptable que la novia «mostrara al hombre el camino».

Primero encontró los testículos y, sin ningún temor ahora, curvó los dedos con suavidad alrededor de aquel extraordinario bulto erizado que había visto en diferentes formas en perros y caballos, pero que nunca había creído del todo que encajase cómodamente en adultos humanos. Recorrió con los dedos la parte inferior y llegó a la base del pene, que palpó con un cuidado extremo porque ignoraba lo sensible o robusto que era. Pasó los dedos por su longitud, advirtiendo con interés su textura sedosa, hasta la punta, que acarició levemente; y luego, asombrada por su propia audacia, los deslizó un poco para cogerlo con firmeza, como a la mitad de su largura, y lo empujó hacia abajo, un ligero ajuste, hasta que notó que le tocaba los labios.

¿Cómo podría haber sabido el terrible error que estaba cometiendo? ¿Habría tirado de lo que no debía? ¿Habría agarrado demasiado fuerte? Él lanzó un gemido, una complicada sucesión de vocales angustiadas en crescendo, un sonido similar al que ella había oído una vez en una película cómica donde un camarero que se tambaleaba a un lado y a otro parecía a punto de dejar caer una pila imponente de platos de sopa.

Soltó el pene, horrorizada, mientras Edward, incorporándose con una expresión desconcertada, arqueó en espasmos la espalda musculosa y se derramó encima de Florence en cantidades vigorosas pero decrecientes de gotas que le llenaron el ombligo y le bañaron el vientre, los muslos y hasta una parte de la barbilla y de la rótula con un líquido tibio y viscoso. Fue una calamidad y ella supo de inmediato que era culpa suya, que era una inepta, una ignorante y estúpida. No tenía que haber interferido, no debería haber creído lo que decía el manual. No le habría parecido más horrible si a Edward se le hubiese reventado la yugular. Qué típico de ella, aquel exceso de confianza con que se entrometía en cuestiones de tremenda complejidad; debería haber sabido de sobra que allí no pintaba nada la actitud que adoptaba en los ensayos del cuarteto de cuerda.

Y había otro elemento, mucho peor en sí mismo y por completo ajeno a su control, que evocaba recuerdos que ella había decidido mucho tiempo atrás que no le pertenecían de verdad. Tan sólo medio minuto antes se había enorgullecido de dominar sus sentidos y aparentar calma. Pero ahora fue incapaz de reprimir su repugnancia primaria, su horror

119

visceral a que la rociara el líquido, el limo de otro cuerpo. En cuestión de segundos, la brisa del mar había enfriado el fluido sobre su piel, y sin embargo, como ella preveía, parecía quemarla. Nada en su ser habría podido contener aquel grito de repulsión instantáneo. Sentirlo circular por su piel en regueros gruesos, sentir su ajeno espesor lechoso, su íntimo olor almidonado, que arrastraba consigo el hedor de un secreto vergonzoso encerrado en una reclusión mohosa..., no pudo evitarlo, tenía que deshacerse de aquello. Mientras Edward se encogía ante ella, Florence se volvió y se puso de rodillas, agarró una almohada de debajo de la colcha y se limpió frenéticamente. Al hacerlo sabía lo aborrecible, lo descortés que era su conducta, sabía que agravaba la desdicha de Edward ver la desesperación con que ella se eliminaba de la piel aquella parte de él mismo. Y de hecho no era tan fácil. Se le adhería al esparcirlo, y en algunas partes se le estaba ya secando como una pasta agrietada. Era dos personas: una, exasperada, que se restregaba con la almohada, y la otra que al verlo se detestaba por su comportamiento. Era insoportable que él la observase, que viese a la mujer despiadada e histérica con la que había cometido la estupidez de casarse. Ella podía odiarle por lo que él estaba presenciando y nunca olvidaría. Tenía que alejarse de Edward.

Saltó de la cama en un impulso frenético de ira y de vergüenza. Y no obstante, su otro yo que observaba parecía decirle con calma, aunque no del todo con palabras: *Pero si estar loca es exactamente esto.* No podía mirar a Edward. Era una tortura estar en la habitación con alguien que la había visto de aquel modo. Cogió de un manotazo los zapatos del suelo y cruzó corriendo el cuarto de estar, sobrepasó las ruinas de la cena y salió al pasillo, bajó la escalera, franqueó la puerta principal, rodeó el lateral del hotel y atravesó el césped musgoso. Y ni siquiera dejó de correr cuando por fin llegó a la playa.

4

En el año breve que transcurrió entre el encuentro con Florence en St. Giles y la boda en St. Mary, a menos de ochocientos metros de distancia, Edward fue un huésped frecuente de una noche en la amplia mansión victoriana al lado de Banbury Road. Violet Ponting le asignó lo que la familia llamaba el «cuartito», en el piso más alto, castamente alejado del cuarto de Florence, con vista a un jardín tapiado y, más allá, al terreno de un *college* o una residencia de ancianos: nunca se molestó en averiguar cuál de los dos. El «cuartito» era más grande que cualquiera de los dormitorios de la casita de campo de Turville Heath, y posiblemente más que la salita. Sencillas estanterías pintadas de blanco, con ediciones Loeb de latín y griego, cubrían una pared del cuartito. A Edward le agradaba la asociación con un saber tan austero, aunque sabía que no engañaba a

125

nadie dejando ejemplares de Epicteto o Estrabón en la mesilla de noche. Como en todas las demás partes de la casa, las paredes de su habitación estaban exóticamente pintadas de blanco –no había un solo pedazo de papel de pared, ni floral ni rayado, en el feudo de los Ponting–, y el suelo era de tablas sin barnizar, desnudas. Tenía para él solo el altillo de la casa y un cuarto de baño espacioso en un semirrellano, con ventanas victorianas de cristal coloreado y tejas de corcho esmaltado: otra novedad.

Su cama era amplia y de una dureza insólita. En un rincón, bajo la pendiente del tejado, había una mesa de pino sin barnizar, un flexo y una silla de cocina pintada de azul. No había cuadros, alfombras ni adornos, revistas recortadas ni otros restos de aficiones o proyectos. Por primera vez en su vida hizo un esfuerzo por ser ordenado, porque aquel cuarto no se parecía a ninguno que hubiese conocido, allí era posible tener pensamientos despejados y tranquilos. Fue allí, una brillante medianoche de noviembre, donde escribió una carta formal a Violet y Geoffrey Ponting declarando su ambición de casarse con su hija, y tan seguro estaba de la aprobación de los padres que ni siquiera les pedía permiso.

No se equivocaba. Se mostraron encantados y celebraron el compromiso con un almuerzo dominical en familia en el Randolph Hotel. Edward conocía demasiado poco del mundo para que le sorprendiera la acogida de los Ponting. Educadamente, en su calidad de amigo estable de Florence y después su prometido, consideró normal que, cuando hacía autostop o tomaba un tren de Henley a Oxford, su habitación le estuviera allí esperando, que hubiera siempre comidas en las que se solicitaran sus opiniones sobre el gobierno y la situación mundial, que le hubieran confiado la biblioteca y el jardín, con su campo delineado de cróquet y bádminton. Agradecía, pero no le asombraba en absoluto que su colada se mezclara con la de la familia y que sobre la manta en el extremo de la cama apareciese una pila en orden de ropa planchada, gentileza de la asistenta, que venía todos los días laborables.

No era de extrañar que Geoffrey Ponting quisiera jugar al tenis con Edward en las pistas de hierba de Summertown. Edward era un tenista mediocre: tenía un servicio decente que se aprovechaba de su estatura, y de vez en cuando daba un fuerte raquetazo desde la línea de saque. Pero en la red era torpe y bobo, y no pudiendo fiarse de su revés rebelde prefería perseguir las bolas que le llegaban por la izquierda. Tenía un poco de miedo al padre de su novia, le preocupaba que Geoffrey pensara que era un intruso, un impostor, un ladrón que intentaba atracar la virginidad de su hija y desaparecer a continuación: sólo una parte de lo cual era cierto. Cuando iban en automóvil a las pistas, a Edward también le inquietaba el partido: sería de mala educación ganar, y una completa pérdida de tiempo si

127

era incapaz de oponer una resistencia decente a su rival. No había motivo para que le turbara ninguno de los dos temores. Ponting estaba en otra división, era un jugador de golpes rápidos y certeros, y daba brincos de un vigor asombroso para un hombre de cincuenta años. Ganó el primer set por seis juegos a uno, el segundo por seis a nada y el tercero por seis a uno, pero lo más importante era su rabia cada vez que Edward conseguía arrebatarle un punto. Cuando retornaba a su posición, el jugador más viejo se musitaba una arenga que, por lo que Edward alcanzaba a oír desde su campo, contenía amenazas de violencia contra sí mismo. De hecho, de vez en cuando Ponting se asestaba un fuerte golpe con la raqueta en la nalga derecha. No sólo quería ganar, o ganar fácilmente; necesitaba anotarse cada tanto. Los dos juegos que había perdido en el primer y el tercer set y sus pocos errores no forzados casi le hicieron gritar: «¡Oh, por el amor de *Dios*, hombre! *¡Vamos!*» En el trayecto de vuelta a casa estuvo lacónico, y Edward tuvo al menos la satisfacción de pensar que la docena de puntos que había marcado en los tres sets eran como una especie de victoria. Si hubiera ganado de una forma convencional, quizá no le habrían consentido que volviera a ver a Florence.

En general, Geoffrey Ponting, a su manera nerviosa y enérgica, era amable con él. Si Edward estaba en la casa cuando Geoffrey volvía del trabajo, alrededor de las siete, preparaba para los dos sendos gin-tónic de la vitrina de bebidas: igual medida de ginebra que de tónica, y muchos cubitos de hielo. Para Edward era una novedad el hielo en los cócteles. Se sentaban en el jardín y hablaban de política: más que nada, Edward escuchaba las opiniones de su futuro suegro sobre el declive de los negocios británicos, las disputas de jurisdicción en los sindicatos y la locura de conceder la independencia a diversas colonias africanas. Ponting ni siquiera se relajaba cuando estaba sentado; se columpiaba en el borde del asiento, listo para levantarse de un salto, y subía y bajaba la rodilla mientras hablaba o retorcía los dedos de los pies dentro de las sandalias al compás de un ritmo que sonaba en su cabeza. Era mucho más bajo que Edward, pero de una constitución fornida y brazos musculosos, cuya maraña de vello rubio le gustaba exhibir vistiendo camisas de manga corta, incluso en el trabajo. También su calvicie parecía una declaración de poder más que de edad: la piel bronceada, tersa y tirante, como velas tensadas, se extendía sobre el amplio cráneo. Tenía la cara igualmente grande, con labios pequeños y carnosos cuya postura serena era un mohín resuelto, la nariz chata y menuda y los ojos tan separados que, visto a determinadas luces, Geoffrey parecía un feto gigantesco.

Florence nunca dio muestras de querer sumarse a aquellas charlas en el jardín, y quizá Ponting tampoco deseaba su presencia. Que Edward supiera, padre e hija muy pocas veces se hablaban, excepto en compañía, y entonces hablaban de cosas intrascendentes. Pero él pensaba que eran intensamente conscientes uno de otro, y le daba la impresión de que intercambiaban miradas cuando otras personas estaban hablando, como si compartieran una crítica secreta. Ponting siempre rodeaba con el brazo los hombros de Ruth, pero nunca, en presencia de Edward, abrazaba a su hija mayor. No obstante, en la conversación, Ponting hacía muchas referencias gratas a «Florence y tú» o a «vosotros, los jóvenes». A él, más que a Violet, le emocionó la noticia del compromiso de boda y fue él quien organizó el almuerzo en el Randolph y propuso media docena de brindis. A Edward se le pasó por la cabeza la idea, no muy en serio, de que estaba bastante ansioso de librarse de su hija.

Fue por esta época cuando Florence sugirió a su padre que Edward podría ser valioso para la empresa. Ponting le llevó en su Humber una mañana de domingo a su fábrica en el lindero de Whitney, donde se diseñaban y ensamblaban instrumentos científicos provistos de transistores. No pareció preocuparle en absoluto, a medida que pasaban entre el laberinto de mesas de trabajo y entre el olor familiar de soldadura fundida, que a Edward, estupefacto, como era de esperar, por la ciencia y la tecnología, no se le ocurriese hacer ni una sola pregunta interesante. Revivió un poco cuando conoció, en un trastero sin ventanas, al director de ventas, que tenía veintinueve años y una licenciatura en historia por la Universidad de Durham, y que había escrito su tesis doctoral sobre el monacato medieval en el noreste de Inglaterra. Aquella noche, mientras tomaban un gin-tónic, Ponting ofreció a Edward un empleo de viajante en la empresa, con el cometido de conseguir nuevos clientes. Tendría que estudiarse los productos y aprender un mínimo de electrónica, y un poco menos aún de derecho contractual. Edward, que todavía no tenía proyectos profesionales, y que se imaginaba muy bien escribiendo libros de historia en trenes y en habitaciones de hotel entre reuniones, aceptó, más con un espíritu de cortesía que con un auténtico interés.

Los diversos trabajos caseros que se brindó a hacer estrecharon aún más su lazo con los Ponting. Aquel verano de 1961 segó en numerosas ocasiones los diversos céspedes –el jardinero estaba enfermo–, cortó tres partidas de leña para la leñera y llevó con frecuencia al vertedero el segundo automóvil, un Austin 35, cargado de cachivaches del garaje que no usaban y que Violet quería convertir en una ampliación de la biblioteca. Con aquel mismo coche –nunca le confiaban el Humber– acompañaba a Ruth, la hermana de Florence, a casa de amigos y primos en Thame, Banbury y Stratford, y luego la recogía. Hacía de chófer para Violet: en una ocasión

131

la llevó a un simposio sobre Schopenhauer en Winchester, y en el camino ella le interrogó sobre su interés por los cultos milenaristas. ¿Cuántos seguidores habían generado la hambruna o el cambio social? Y con su antisemitismo y sus ataques contra la Iglesia y los mercaderes, aquellos movimientos ¿no podían considerarse una forma temprana de socialismo al estilo ruso? Y después, con la misma intención provocativa, ¿no era la guerra nuclear el equivalente moderno del Apocalipsis del Libro de las Revelaciones, y no estábamos obligados por nuestras historia y nuestra naturaleza culpable a soñar con nuestra aniquilación?

Él contestó nervioso, consciente de que ella estaba sondeando su valía intelectual. Mientras él hablaba atravesaban las afueras de Winchester. En su visión periférica la vio sacar su polvera y empolvarse los ajados rasgos blancos. Le fascinaron sus brazos pálidos, delgados como palos, y sus codos puntiagudos, y se preguntó de nuevo si sería realmente la madre de Florence. Pero estaba obligado a concentrarse, así como a conducir. Dijo que creía que la diferencia entre el antes y el ahora era más importante que la similitud. Era la diferencia entre, por un lado, una fantasía morbosa y absurda, concebida por un místico posterior a la Edad de Hierro, y más tarde embellecida por sus crédulos equivalentes medievales y, por otro, el temor racional a un suceso posible y aterrador que estaba en nuestras manos evitar.

Con un tono seco de reprimenda que tuvo por efecto dar la conversación por terminada, ella le dijo que no la había entendido del todo. La cuestión no era si los milenaristas medievales se equivocaban acerca del Libro de las Revelaciones y el fin del mundo. Por supuesto que se equivocaban, pero creían apasionadamente que estaban en lo cierto y actuaban con arreglo a sus convicciones. Del mismo modo, él creía sinceramente que las armas nucleares destruirían el mundo y actuaba en consonancia. Era absolutamente irrelevante que se equivocara, que la verdad era que aquellas armas mantenían al mundo a salvo de la guerra. Esto, en definitiva, era el propósito de la disuasión. Sin duda, como historiador, habría aprendido que a lo largo de los siglos los delirios colectivos tenían temas comunes. Cuando Edward se percató de que ella estaba equiparando el apoyo que él prestaba a la campaña en pro del desarme con la militancia en una secta milenarista, se retrajo cortésmente y recorrieron en silencio el último kilómetro. En otra ocasión hizo con Violet el trayecto de ida y vuelta a Cheltenham, donde ella dio una conferencia a las alumnas del Ladies' College sobre los beneficios de una educación en Oxford.

La de Edward progresaba despacio. Durante aquel verano comió por primera vez una ensalada aliñada con limón y aceite y tomó yogur en el desayuno, una sustancia deliciosa que sólo conocía gracias a una novela de James Bond. La apresurada cocina de su padre y la dieta a base de empanada y patatas fritas de sus tiempos de estudiante no le había preparado para las extrañas verduras –las berenjenas, los pimientos verdes y rojos, los calabacines y los tirabeques– que a menudo le ponían delante. Se quedó sorprendido y hasta un poco molesto en su primera visita, cuando Violet sirvió de primer plato un cuenco de guisantes poco cocidos. Edward tuvo que sobreponerse a una aversión, no tanto al sabor como a la reputación del ajo. Ruth se estuvo riendo minutos enteros, hasta que tuvo que salir del comedor, cuando él llamó *baguette* a un *croissant*. Antes había dejado boquiabiertos a los Ponting al afirmar que nunca había viajado a ningún sitio salvo a Escocia, para escalar los tres Munros de la península de Knoydart. Probó por primera vez en su vida muesli, aceitunas, pimienta negra fresca, pan sin mantequilla, anchoas, cordero poco hecho, un queso distinto del cheddar, pisto, salchichón, bullabesa, comidas enteras sin patatas y, lo más desafiante de todo, una pasta rosa de pescado: taramosalata. Muchos de aquellos alimentos tenían un sabor ligeramente repulsivo y se asemejaban entre sí de un modo indefinible, pero estaba decidido a no parecer rústico. Algunas veces en que comió demasiado deprisa estuvo a punto de atragantarse.

Se habituó enseguida a algunas de las novedades: café recién molido y filtrado, zumo de naranja en el desayuno, paté de pato, higos frescos. No estaba en condiciones de saber qué insólita situación era la de los Ponting, una profesora universitaria casada con un próspero hombre de negocios, y Violet, amiga en tiempos de Elizabeth David, regentando un hogar en la vanguardia de la revolución culinaria mientras daba clases a sus alumnos sobre mónadas y el imperativo categórico. Edward asimiló aquellas circunstancias domésticas sin reconocer su exótica opulencia. Supuso que así vivían los profesores de la Universidad de Oxford, y no pensaba dejarse sorprender con cara de estar impresionado.

De hecho estaba extasiado, vivía en un sueño. Durante aquel caluroso verano, su deseo de Florence fue inseparable del escenario: las enormes habitaciones blancas y sus suelos inmaculados de madera caldeada por la luz del sol, el fresco aire verde del jardín enmarañado que entraba en la casa por las ventanas abiertas, las flores fragantes de North Oxford, las pilas de libros recientes de tapa dura sobre mesas de la biblioteca –la nueva obra de Iris Murdoch (era amiga de Violet), el último Nabokov, el último Angus Wilson– y su primer contacto con un tocadiscos estereofónico. Florence le enseñó una mañana las válvulas a la vista, de un color anaranjado reluciente, de un amplificador que sobresalía de una elegante caja gris, y los altavoces que llegaban a la altura de la cintura, y le puso a un volumen inmisericorde la sinfonía Haffner de Mozart. La inaugural subida de una octava le arrebató con su osada claridad —toda una orquesta se desplegó de repente ante él–, y levantó un puño y gritó que la amaba desde un extremo de la habitación, sin importarle quién le oyese. Era la primera vez que lo había dicho, a Florence o a otra persona. Ella le devolvió las mismas palabras y se rió encantada de que a Edward por fin le hubiera conmovido una pieza de música clásica. Cruzó la habitación e intentó bailar con ella, pero la música se volvió escurridiza y agitada y se detuvieron, perdido el paso, y se abrazaron envueltos en el remolino sinfónico.

¿Cómo podía fingirse a sí mismo que dentro de su limitada existencia aquellas experiencias no eran extraordinarias? Logró no pensar al respecto. No era de temperamento introspectivo, y deambular por la casa con una erección constante, o eso parecía, en cierto modo embotaba o restringía sus pensamientos. Las normas tácitas de la casa le autorizaban a estar tumbado en la cama de Florence mientras ella practicaba el violín, siempre que la puerta del dormitorio estuviese abierta. En teoría él estaba leyendo, pero lo único que podía hacer era observarla y adorar sus brazos desnudos, la diadema en su pelo, su espalda recta, la dulce inclinación de su barbilla cuando insertaba el instrumento debajo, la curva de sus pechos silueteados contra la ventana, el roce del dobladillo de su falda de algodón contra las pantorrillas bronceadas a medida que arqueaba el cuerpo, y los pequeños músculos que abultaban el sóleo cuando ella se movía y oscilaba. A intervalos suspiraba, contrariada, por una imperfección imaginaria de tono o de fraseo, y repetía el pasaje una y otra vez. Otro indicio de su humor era la forma en que pasaba las páginas del atril, buscando otra pieza con un súbito chasquido brusco de muñeca, o bien, otras veces, despaciosamente, por fin complacida consigo misma o previendo nuevos placeres. A él le emocionaba, casi le impactaba, que ella pareciera haberle olvidado: poseía el don de una concentración absoluta, mientras que él podía pasarse un día entero en una penumbra de aburrimiento y excitación sexual. Bien podía transcurrir una hora hasta que ella parecía recordar la presencia de Edward, y aunque se volvía y le sonreía, nunca se reunía con él en la cama: una fortísima ambición profesional, o alguna ordenanza doméstica, la mantenía al lado del atril.

Daban paseos hasta Port Meadow, río arriba por el Támesis hasta el Perch o el Trout para tomar una pinta de cerveza. Cuando no hablaban de sus sentimientos –a Edward empezaban a parecerle empalagosas estas conversaciones–, hablaban de sus aspiraciones. Él se explayaba acerca de la colección de relatos sobre figuras semiolvidadas que durante un breve tiempo se codearon con grandes hombres, o que habían vivido su propio lapso de notoriedad. Le contó a Florence la frenética cabalgada al norte de Sir Robert Carey, su llegada a la corte de Jacobo I con la cara ensangrentada a raíz de una caída del caballo, y la inutilidad de todos los esfuerzos. Tras su conversación con Violet, Edward había decidido añadir a uno de los milenaristas medievales de Norman Cohn, un mesías flagelante del decenio de 1360, cuyo advenimiento predijeron, según proclamaban él y sus seguidores, las profecías de Isaías. Cristo no pasaba de ser su precursor, porque él era el emperador de los últimos días y también el propio Dios. Sus discípulos autoflagelantes le obedecían como esclavos y le rezaban. Se llamaba Konrad Schmid y es probable que la Inquisición le quemara en la hoguera en 1368, tras lo cual sus numerosos adeptos se disolvieron sin más. Según Edward, cada historia no superaría las doscientas páginas y Penguin Books las publicaría con ilustraciones, y quizá cuando la colección estuviese acabada podrían editarla completa en un estuche especial.

Naturalmente, Florence hablaba de sus planes para el cuarteto Ennismore. La semana anterior habían ido a la antigua facultad y habían tocado entero el Razumovsky de Beethoven para el tutor de Florence, que se había conmovido visiblemente. Les dijo directamente que tenían futuro y que debían permanecer juntos a toda costa y trabajar con el máximo ahínco. Dijo que debían concretar su repertorio, concentrarse en Haydn, Mozart, Beethoven y Schubert y dejar para más adelante a Schumann, Brahms y a todos los compositores del siglo XX. Florence le dijo a Edward que era la única vida que quería, que no soportaría malgastar años en el atril del fondo de alguna orquesta, en el supuesto de que consiguiera una plaza. El trabajo en el cuarteto era tan intenso, la necesidad de concentración tan extrema cuando cada intérprete era como un solista y la música tan hermosa y densa, que cada vez que tocaban una pieza completa descubrían algo nuevo.

Le dijo todo esto a sabiendas de que la música clásica no significaba nada para él. Para él, era mejor escuchada en el trasfondo y a bajo volumen, una corriente de aullidos, raspaduras y pitidos indistintos, que en general se consideraba que transmitía seriedad, madurez y respeto por el pasado, y totalmente desprovistos de interés o de emoción. Pero Florence creyó que su grito triunfante al oír la obertura de la sinfonía Haffner era un gran avance, y en consecuencia le invitó a acompañarla a Londres para asistir a un ensayo. Él aceptó de buena gana: por supuesto, quería verla en acción, pero aún más importante era la curiosidad de averiguar si aquel violoncelista, Charles, al que ella había mencionado demasiadas veces, podía ser un rival en algún sentido. Si lo era, Edward creyó necesario hacer acto de presencia.

Gracias a una tregua estival de reservas, la sala de piano contigua al Wigmore Hall cedía al cuarteto una sala de ensayo por una suma simbólica. Florence y Edward llegaron mucho antes que los demás para que él pudiera dar una vuelta por el Hall. Ni la sala verde, el camerino diminuto, ni siquiera el auditorio y la cúpula justificaban, pensó, la veneración que ella sentía por aquel lugar. Tan orgullosa estaba del Wigmore Hall que era como si lo hubiese diseñado ella misma. Condujo a Edward al escenario y le pidió que se imaginara la emoción y el terror de salir a tocar ante una audiencia entendida. Él no pudo, pero no se lo dijo. Ella le dijo que algún día ocurriría, que había tomado aquella decisión: el cuarteto Ennismore actuaría allí, y triunfaría con un hermoso concierto. Él la amó por la solemnidad de su promesa. La besó y luego bajó de un salto al auditorio, se puso tres filas más atrás, justo en el centro, y juró que pasara lo que pasase él estaría allí aquel día, en aquel mismo asiento, el 9C, y encabezaría los aplausos y los bravos al final.

Cuando el ensayo empezó, Edward guardó silencio sentado en un rincón de la habitación desnuda, en un estado de felicidad profunda. Estaba descubriendo que estar enamorado no era algo estable, sino una sucesión de impulsos u oleadas nuevos, y en aquel momento experimentaba una. El chelista, claramente desconcertado por el nuevo amigo de Florence, era un gordito tartamudo y con la piel terriblemente estropeada, y Edward pudo compadecerle y perdonar generosamente su fijación servil en Florence, porque él tampoco era capaz de apartar la vista de ella. Florence se hallaba en un estado de satisfacción extática cuando se dispuso a ensayar con sus amigos. Se puso la diadema y Edward, mientras aguardaba a que empezase la sesión, cayó en un ensueño no sólo sexual con Florence, sino relacionado con el matrimonio y la familia, y la hija que podrían tener. Sin duda era una prueba de madurez pensar en estas cosas. Quizá era sólo una variación respetable de un viejo sueño de que le amara más de una chica. La niña heredaría la belleza y la seriedad de su madre y su encantadora espalda recta, y con seguridad tocaría un instrumento: el violín, probablemente, aunque no descartaba del todo la guitarra eléctrica.

Aquella tarde concreta, Sonia, la viola del pasillo de Florence, fue a trabajar sobre el quinteto de Mozart. Por fin estuvieron listos para empezar. Hubo un silencio de tensión tan breve que podría haber sido escrito por el propio Mozart. En cuanto empezaron a tocar, a Edward le asombró el volumen puro, la fortaleza del sonido y la intercalación aterciopelada de los instrumentos, y durante minutos seguidos disfrutó realmente la música, hasta que perdió el hilo y le aburrieron, como de costumbre, la agitación remilgada y la monotonía del ensayo. Entonces Florence hizo una pausa y unos comentarios en voz baja, y hubo una discusión general hasta que reanudaron la pieza. Esto ocurrió varias veces, y la repetición empezó a revelar a Edward una dulce melodía discernible, diversos enredos pasajeros entre los intérpretes y audaces descensos y subidas cuya aparición siguiente acechó muy atento. Más tarde, en el tren de regreso, pudo decirle a Florence con plena sinceridad que la música le había conmovido y hasta le tarareó fragmentos. Ella se emocionó tanto que hizo otra promesa: de nuevo, aquella solemnidad estremecida que parecía duplicar el tamaño de sus ojos. Cuando llegase el gran día del debut del Ennismore en el Wigmore Hall, tocarían el quinteto y se lo dedicarían en especial a Edward.

A cambio, él le llevó a Oxford, desde su casita de campo, una selección de discos que quería que ella aprendiera a apreciar. Inmóvil en su asiento, ella escuchó a Chuck Berry pacientemente, con los ojos cerrados y una concentración excesiva. Él pensó que quizá no le gustara «Roll over Beethoven», pero a ella le pareció divertidísima. Él puso sus «torpes pero honorables» versiones de las canciones de Chuck Berry hechas por los Beatles y los Rolling Stones. Ella intentó encontrar algo elogioso que decir sobre cada uno, pero empleó palabras como «alegre» «animado» o «sentido», y él supo que simplemente procuraba ser amable. Cuando él sugirió que ella, en realidad, no «conectaba» con el rock and roll y que no había motivo para que siguiera intentándolo, ella admitió que lo que no aguantaba era la percusión. Cuando las canciones eran tan elementales, casi todas un simple cuatro por cuatro, ¿por qué aquel incesante golpeteo, estrépito y repiqueteo para llevar el compás? ¿A qué venía, cuando ya había una guitarra rítmica y a menudo un piano? Si los músicos necesitaban oír los compases, ¿por qué no utilizaban un metrónomo? ¿Y si el cuarteto Ennismore añadía un batería? Él la besó y le dijo que era la persona más cuadrada de toda la civilización occidental.

–Pero me quieres –dijo ella.

–*Por consiguiente* te quiero.

A principios de agosto, cuando un vecino de Turville Heath cayó enfermo, a Edward le ofrecieron un empleo provisional, a media jornada, de encargado en el club de críquet de Turville. Tenía que trabajar doce horas a la semana y podía distribuirlas como le conviniera. Le gustaba salir de casa por la mañana temprano, antes incluso de que su padre estuviese despierto, y recorrer entre los trinos de pájaros la avenida de tilos hasta el club, como si fuera el dueño del lugar. La primera semana preparó el campo para el derby local, el gran partido contra Stonor. Segó la hierba, pasó el rodillo y ayudó a un carpintero que vino de Hambleden a construir y pintar una pantalla nueva. Siempre que no trabajaba o no le necesitaban en casa, se iba derecho a Oxford, no sólo por el ansia de ver a Florence, sino también porque quería impedir la visita que ella tendría que hacer a su familia. No sabía lo que su madre y Florence pensarían una de otra, o cuál sería la reacción de Florence ante la suciedad y el desorden de la casa. Creía que necesitaba tiempo para preparar a las dos mujeres, pero al final no hizo falta; al cruzar el campo a primera hora de una tarde calurosa de viernes, encontró a Florence esperándole a la sombra del vestuario. Conocía su horario y había cogido un tren temprano y caminado desde Henley hacia el valle de Stonor, con un mapa en la mano a una escala 1:500 y un par de naranjas en una bolsa de lona. Llevaba media hora observando cómo Edward marcaba la línea del fondo. Le estuvo amando a distancia, le dijo cuando se besaron.

Fue uno de los momentos más exquisitos de los primeros tiempos de su amor, cuando subieron lentamente del brazo la gloriosa avenida, caminando por el centro de la calzada para tomar plena posesión. Ahora que era inevitable, la perspectiva del encuentro de Florence con la madre y la casa de Edward ya no parecía importante. Las sombras que los tilos proyectaban eran tan intensas que se dirían de un negro azulado a la luz brillante, y el calor estaba cargado de hierba fresca y flores silvestres. Él hizo ostentación de conocer el nombre campestre de cada una y hasta tuvo la suerte de encontrar en el arcén un ramillete de gencianas de Chiltern. Cogieron sólo una. Vieron pasar volando a un escribano, un verderón y un gavilán, formando un ángulo cerrado alrededor de un endrino. Ella ni siquiera conocía el nombre de aquellos pájaros comunes, pero dijo que estaba decidida a aprenderlo. Estaba exultante por la belleza del paseo y el inteligente itinerario que había escogido: al dejar atrás el valle de Stonor había recorrido el angosto camino de granja hasta el solitario Bix Bottom, rebasado la iglesia de St. James, derruida y cubierta de hiedra, ascendido las laderas boscosas hasta el terreno comunal de Maidensgrove, donde descubrió una extensión inmensa de flores silvestres, y luego había cruzado los hayedos hasta Pishill Bank, donde había una iglesita de ladrillo y sílice y su camposanto hermosamente emplazados en un lado de la cuesta. A medida que ella describía cada paraje –y él conocía muy bien todos ellos–, Edward se la imaginaba allí sola, caminando a su encuentro horas seguidas, y parando sólo para consultar el mapa. Todo por él. ¡Qué regalo! Y nunca la había visto tan feliz ni tan bonita. Se había recogido el pelo con una diadema de terciopelo negro, llevaba tejanos negros y playeras, y una camisa blanca en cuyo ojal había prendido un diente de león desenfadado. Según caminaban hacia la casa ella le tiraba del brazo manchado de hierba para pedirle otro beso, aunque muy liviano, y por una vez él aceptó contento, o al menos tranquilo, que no fueran más lejos. Después de que ella hubo pelado la naranja que quedaba y que compartieron por el camino, la mano de Florence estaba pegajosa en la de Edward. La grata sorpresa del encuentro inesperado les había producido una exaltación inocente, y su vida parecía risueña y libre, tenían todo el fin de semana por delante.

El recuerdo de aquel paseo desde el campo de críquet hasta la casita hostigaba a Edward ahora, un año más tarde, la noche de bodas, cuando se levantó de la cama en la semioscuridad. Sentía la pulsión de emociones contrarias, y necesitaba aferrarse a sus mejores y más afectuosos pensamientos de Florence, pues de lo contrario creía que se vendría abajo, que simplemente se daría por vencido. Sentía una pesadez líquida en las piernas y cruzó el dormitorio para recoger sus calzoncillos del suelo. Se los puso, recogió el pantalón y se quedó un buen rato con él colgando de la mano mientras miraba por la ventana los árboles encogidos por el viento, oscurecidos hasta formar una masa continua de color verde grisáceo. En lo alto había una medialuna humeante que prácticamente no arrojaba luz. El sonido de las olas rompiendo en la orilla a intervalos regulares irrumpió en sus pensamientos, como si de repente se hubieran encendido, y le embargó el cansancio; su situación no alteraba lo más mínimo las leyes y los procesos inexorables del mundo físico, de la luna y las mareas, a los que de ordinario dedicaba un escaso interés. Este hecho tan palmario resultaba crudísimo. ¿Cómo iba a arreglárselas, solo y sin ayuda? ¿Y cómo bajar y enfrentarse a Florence en la playa, donde supuso que ella debía de estar? Los pantalones le colgaban de la mano, ridículos y pesados, aquellos tubos paralelos de tela unidos en un extremo, una moda arbitraria de siglos recientes. Le pareció que al ponérselos retornaría al mundo social, a sus obligaciones, a la auténtica medida de su vergüenza. En cuanto se vistiera, iría a buscarla. Por eso se demoraba.

Al igual que muchos recuerdos nítidos, el del paseo hacia Turville con Florence creaba una penumbra de olvido a su alrededor. Debieron de encontrar sola a su madre cuando llegaron a la casa; el padre y las chicas debían de estar aún en el colegio. A Marjorie Mayhew solía azorarla una cara extraña, pero Edward no conservaba memoria de haber presentado a Florence ni de cómo ella había reaccionado ante las habitaciones atestadas y sórdidas y el hedor de los desagües, más fétido en verano, que llegaba de la cocina. Sólo recordaba fragmentos de la tarde, determinadas imágenes, como postales viejas. Una de ellas, vista a través de la ventana mugrienta y enrejada del cuarto de estar, era la del fondo del jardín, donde Florence y la madre, sentadas en un banco, cada una con un par de tijeras y sendos dos números de la revista *Life*, charlaban recortando páginas. Cuando volvieron del colegio, las chicas debieron de llevar a Florence a ver al burro recién nacido del vecino, pues otra imagen mostraba a las tres volviendo unidas del brazo a través del césped.

Una tercera era de Florence llevando al jardín una bandeja de té para el padre. Oh, sí, él no debía dudar de que ella era una buena, una buenísima persona, y aquel verano todos los Mayhew se quedaron prendados de ella. Las gemelas fueron a Oxford con Edward y pasaron el día en el río con Florence y su hermana. Marjorie siempre estaba preguntando por Florence, aunque nunca recordaba su nombre, y Lionel Mayhew, con todo su mundo, aconsejó a su hijo que se casara «con esa chica» antes de que se le escapara.

Evocó todos estos recuerdos del año anterior, las postales de la casa, el paseo bajo los tilos, el verano de Oxford, no por un deseo sentimental de exacerbar o alimentar su tristeza, sino de disiparla y sentirse enamorado, y frenar el avance de un elemento que al principio no quiso reconocer, los inicios de un ánimo ensombrecido, un juicio más sombrío, un rastro de veneno que incluso ahora se estaba ramificando en su interior. La ira. El demonio al que había contenido antes, cuando pensó que estaba a punto de perder la paciencia. Qué tentación de darle rienda suelta, ahora que estaba solo y podía estallar. Tras aquella humillación, su dignidad lo exigía. ¿Y qué tenía de malo un simple pensamiento? Mejor solventar el asunto ahora que estaba allí, medio desnudo entre las ruinas de su noche de bodas. Le ayudó en su rendición la claridad que acompaña a una súbita ausencia de deseo. Una vez que el ansia ya no ablandaba ni enturbiaba sus ideas, era capaz de percibir un insulto con la objetividad de un forense. Y vaya insulto que era, qué desprecio hacia él mostró ella con su grito de repulsión y aquel alboroto con la almohada, qué giro del bisturí, salir corriendo de la habitación sin decir una palabra y dejarle con la mancha asquerosa de la vergüenza y todo el fardo del fracaso. Ella había hecho lo que había podido para empeorar la situación, para hacerla irreparable. Él era despreciable para ella, quería castigarle, dejarle solo para que contemplara sus deficiencias sin pensar siquiera en el papel desempeñado por ella. Sin duda fue el movimiento de su mano, de sus dedos, lo que le había incitado. Al recordar aquel tacto, la dulce sensación, un nuevo hormigueo acuciante empezó a distraerle, a alejarle de aquellos juicios tan severos, a tentarle la idea de empezar a perdonarla. Pero resistió. Había encontrado el tema y siguió adelante. Presintió que más allá había una materia más pesada, y allí estaba, por fin la tenía, se abalanzó sobre ella, como un minero que avanza entre las paredes de un túnel más ancho, una lúgubre vía lo bastante amplia para su rabia creciente.

La tenía delante, clara, y era un idiota por no haberla visto antes. Durante un año entero había sufrido pasivamente un tormento, desear a Florence hasta el dolor, y desear también pequeñas cosas, cosas inocentes y lastimosas como un auténtico beso completo, y que ella le tocara y le dejara tocarla. La promesa de matrimonio era su único alivio. Y entonces qué placeres ella les había negado a los dos. Aunque no pudieran hacer el amor hasta después de estar casados, no hacían falta semejantes contorsiones, una contención tan dolorosa. Había sido paciente, no se había quejado: un idiota educado. Otros hombres habrían exigido más o se habrían marchado. Y se negaba a culparse a sí mismo si, al cabo de un año de esfuerzos por contenerse, no había aguantado más y en el momento crítico había fallado. Se acabó. Rechazaba aquella humillación, no la admitía. Era indignante que ella gritara su desilusión, que saliera corriendo del cuarto cuando la culpa era de ella. Él tenía que aceptar el hecho de que a ella no le gustaban los besos ni las caricias, no le gustaba la cercanía de los cuerpos, Edward no le interesaba. Carecía de sensualidad, estaba totalmente desprovista de deseo. Nunca sentiría lo que él. Edward dio los pasos siguientes con una soltura fatídica: ella sabía todo esto —¿cómo no iba a saberlo?— y le había engañado. Quería un marido para disponer de una fachada respetable, o por complacer a sus padres, o porque era lo que hacían todas. O porque pensaba que era un juego maravilloso. Ella no le amaba, no podía amar del modo en que se amaban los hombres y las mujeres, y lo sabía y se lo había ocultado. Era deshonesta.

No es sencillo rumiar verdades tan crudas descalzo y en calzoncillos. Se puso los pantalones y buscó a tientas los calcetines y los zapatos, y volvió a pensarlo todo, suavizando las aristas ásperas y las transiciones difíciles, los pasajes de unión que se elevaban, exentos de sus incertidumbres, y de este modo depuró su alegato y sintió que la ira resurgía. Estaba alcanzando un cierto grado, y no tendría sentido si no la expresaba. Todo estaba a punto de aclararse. Necesitaba saber lo que pensaba y sentía: necesitaba decírselo y mostrárselo a ella. Cogió de un manotazo la chaqueta de la silla y salió rápidamente de la habitación.

5

Le vio acercarse caminando por la playa, una forma que al principio sólo era una mancha añil contra los guijarros que se oscurecían, y que a veces parecía inmóvil, contornos que destellaban y se disolvían, y otras veces súbitamente más próxima, como una pieza de ajedrez adelantada unas cuantas casillas hacia ella. El último resplandor del día bañaba la orilla, y detrás de Florence, hacia el este, lejos, había puntos de luz en Portland, y la base de la nube reflejaba el débil fulgor amarillento de las farolas de una ciudad lejana. Le miraba deseando que avanzara más despacio, porque sentía un temor culpable y tenía una necesidad acuciante de disponer de más tiempo. Temía cualquier conversación que fueran a mantener. A su modo de ver, no existían palabras para expresar lo que había ocurrido, no existía un lenguaje común con el cual dos adultos cuerdos pudieran describirse aquellos sucesos. Y discutir al respecto rebasaba aún más los límites de su imaginación. No había discusión posible. Ella no quería pensar en el asunto, y confiaba en que él opinara lo mismo. Pero ¿de qué otra cosa hablarían? ¿Por qué, si no, estaban los dos allí? La cuestión entre ellos se extendía sólida como una característica geográfica, una montaña, un cabo. Innombrable, ineludible. Y ella estaba avergonzada. La conmoción de su comportamiento aún retumbaba en su interior, y hasta parecía resonarle en los oídos. Por eso había corrido tan lejos por la playa, cruzando la ardua superficie de guijarros con los zapatos de la fiesta, para huir del dormitorio y de todo lo que había sucedido allí, para huir de sí misma. Su conducta había sido abominable. *Abominable*. Dejó que esta palabra torpe y mundana se repitiera varias veces en sus pensamientos. Era en última instancia un vocablo clemente —su juego de tenis era abominable; su hermana tocaba el piano de un modo abominable—, y Florence sabía que más que describir su comportamiento lo encubría.

Al mismo tiempo, era consciente de la ignominia de Edward: cuando se alzó sobre ella, con aquella expresión crispada y perpleja y las sacudidas reptilescas de la columna vertebral. Pero procuraba no rememorarlo. ¿Se atrevía a admitir que la aliviaba una pizca que no sólo fuera ella, que también en él había algo anómalo? Qué terrible, pero qué recon-

156

fortante sería que él sufriera algún tipo de enfermedad congénita, una maldición de familia, la clase de
dolencia que entraña únicamente vergüenza y silencio, como por ejemplo la enuresis o el cáncer, una
palabra que supersticiosamente ella nunca decía en
voz alta, por miedo a que le infectara la boca; una
afección que, por supuesto, ella jamás revelaría. Entonces podrían compadecerse mutuamente, unidos
en el amor por aflicciones distintas. Y ella se apia-
daba de Edward, pero también se sentía un poco es-
tafada. Si padecía una afección infrecuente, ¿por
qué no se lo había dicho, confidencialmente? Pero
entendía muy bien por qué no lo había hecho. Ella
tampoco se había sincerado. ¿Cómo podría él haber
abordado el tema de su deformidad particular, cuá-
les habrían sido sus palabras iniciales? No existían.
Aún no se había inventado un lenguaje para el caso.

Mientras desgranaba minuciosamente estas ideas,
sabía perfectamente que en él no había nada anómalo. Nada en absoluto. Era ella, sólo ella. Estaba
recostada contra un gran árbol caído, seguramente
arrojado a la playa en una tormenta, con la corteza
arrancada por la fuerza de las olas y la madera alisa-
da y endurecida por el agua salada. Estaba cómodamente encajada en la horquilla de una rama, y notaba en la región lumbar, a través de la compacta
circunferencia del tronco, el calor residual del día.
Así podría estar acurrucado un niño, a salvo en el
hueco del codo de su madre, aunque Florence no

creía que hubiese estado alguna vez acurrucada contra Violet, que tenía los brazos delgados y tensos a fuerza de escribir y pensar. Cuando Florence tenía cinco años tuvo una niñera particular del norte, bastante rechoncha y maternal, con una melodiosa voz escocesa y los nudillos rojos, en carne viva, pero se había marchado a causa de un oprobio indefinido.

Florence seguía observando el avance de Edward por la playa, segura de que él aún no la veía. Podía bajar el talud empinado y volver sobre sus pasos orillando la Fleet, pero aunque temiese a Edward juzgó que rehuirle sería demasiado cruel. Vio brevemente el contorno de sus hombros recortado contra una veta plateada de agua, una corriente que, a la espalda de Edward, adentraba su penacho en alta mar. Ahora ya oía el sonido de sus pasos sobre las piedras, lo que significaba que él oiría los de ella. Habría optado por seguir aquella dirección porque era lo que habían decidido hacer después de la cena, un paseo por el famoso guijarral con una botella de vino. Recogerían piedras en el camino para comparar tamaños y ver si las tormentas habían puesto realmente orden en la playa.

El recuerdo de este placer fallido no la entristeció especialmente, porque de inmediato fue desplazado por una idea, un pensamiento interrumpido de un momento anterior de la noche. Amar y que los dos fueran libres. Era un argumento que aducir,

158

una propuesta audaz, pensó, pero a todos los demás, a Edward, podría parecerle irrisorio y estúpido, y quizá hasta ofensivo. Nunca medía del todo la magnitud de su propia ignorancia, porque en algunas cuestiones se creía bastante juiciosa. Necesitaba más tiempo. Pero él llegaría a su lado al cabo de unos segundos y la terrible conversación comenzaría. Uno de sus defectos era que ignoraba qué actitud adoptar con él, no sentía nada más que el miedo a lo que él dijera y a lo que cabía esperar que ella respondiese. No sabía si debía pedir perdón o aguardar disculpas. No estaba enamorada ni desenamorada: no sentía nada. Lo único que quería era estar allí sola en el crepúsculo, recostada contra el tronco del árbol gigantesco.

Al parecer, él llevaba en la mano una especie de paquete. Se detuvo a varios metros de distancia, lo cual a ella se le antojó hostil, y a su vez se puso belicosa. ¿Por qué había ido a buscarla tan pronto?

En efecto, había exasperación en la voz de Edward.

—Estás aquí.

Ella no tuvo ganas de contestar a una observación tan vacua.

—¿Tenías que irte tan lejos?

—Sí.

—Debe de haber tres kilómetros hasta el hotel.

A ella misma le sorprendió la dureza de su voz:

—Me da igual lo lejos que esté. Necesitaba salir.

Él lo pasó por alto. Cuando desplazó su peso, las piedras tintinearon debajo de sus pies. Ella vio que lo que llevaba en la mano era la chaqueta. Hacía un calor húmedo en la playa, más calor que durante el día. Le molestó que él hubiera pensado en que tenía que llevar una chaqueta. ¡Por lo menos no se había puesto una corbata! Dios, qué irritable se sentía de pronto, cuando minutos antes estaba tan avergonzada. Solía ansiar que él tuviera un buen concepto de ella, y ahora le daba lo mismo.

Él se disponía a decirle lo que había ido a decir y avanzó un paso.

—Oye, esto es ridículo. Has sido injusta al marcharte así.

—¿Sí?

—De hecho, ha sido una puñetera grosería.

—¿Ah, sí? Bueno, ha sido una puñetera grosería lo que has hecho tú.

—¿Es decir?

Ella dijo esto con los ojos cerrados.

—Sabes exactamente a qué me refiero.

La torturaría el recuerdo de su parte en este diálogo, pero añadió:

—Ha sido absolutamente repugnante.

Ella imaginó que le oyó gruñir, como si le hubieran dado un puñetazo en el estómago. Si al menos el silencio que siguió hubiera sido un poco más largo, la culpa habría tenido tiempo de resurgir en ella y quizá habría agregado algo menos desagradable.

Pero Edward le devolvió un swing.

—Tú no tienes la más ligera idea de cómo estar con un hombre. Si la tuvieras, esto nunca habría ocurrido. Nunca me has dejado acercarme. Tú no sabes una palabra de estas cosas. Te comportas como si estuviéramos en mil *ochocientos* sesenta y dos. Ni siquiera sabes besar.

Ella se oyó decir con suavidad:

—Sé cuándo hay un fallo.

Pero no quería decir esto, aquella crueldad era impropia de ella. Era simplemente el segundo violín contestando al primero, una defensa retórica suscitada por el ataque súbito y preciso de Edward, el desdén que ella oía en todos sus «tú». ¿Cuánta acusación tendría que aguantar en un breve discurso?

Si le había herido, él no dio la menor muestra, aunque ella apenas le veía la cara. Quizá la oscuridad la había envalentonado. Cuando Edward volvió a hablar, ni siquiera levantó la voz:

—No vas a humillarme.

—Y tú no vas a intimidarme.

—No te estoy intimidando.

—Sí, me intimidas. Siempre lo haces.

—Eso es ridículo. ¿De qué estás hablando?

Ella no lo sabía seguro, pero sí que era la vía que ella estaba emprendiendo.

—Siempre me estás empujando, empujando para que haga algo. Nunca podemos estar tranquilos.

Nunca podemos estar felices. Hay una presión constante. Siempre quieres algo más de mí. Es una solicitación interminable.

–¿Solicitación? No comprendo. Espero que no te refieras a dinero.

No se refería a eso. Quedaba lejos de su pensamiento. Qué absurdo mencionar el dinero. Cómo se *atrevía*. Así que dijo:

–Bueno, muy bien, ahora que lo mencionas. Está claro que lo tienes presente.

Fue el sarcasmo de Edward lo que la había incitado. O su displicencia. Ella se refería a algo más fundamental que el dinero, pero no sabía cómo expresarlo. Era la lengua de Edward empujando más adentro en su boca, su mano internándose más debajo de su falda o de su blusa, su mano tirando de ella hacia las ingles, una manera determinada de mirar a otro sitio y quedarse callado. Era aquel rumiar la expectativa de que ella se entregara más, y como no lo hacía, era una decepción porque lo ralentizaba todo. Cruzara la frontera que cruzase, siempre había otra nueva esperándola. Cada concesión que hacía aumentaba la exigencia, y luego el desencanto. Incluso en sus momentos más felices, siempre estaba la sombra acusadora, la penumbra apenas escondida de la insatisfacción de Edward, perfilándose como una montaña, una forma de tristeza permanente que los dos habían aceptado que era responsabilidad de ella. Quería estar enamorada y ser ella misma. Pero para ser ella misma tenía que decir no a cada paso. Y entonces ya no era ella. La habían arrojado al lado de la enfermedad, como la cara opuesta a la vida normal. La irritaba que él la hubiera perseguido tan deprisa por la playa, cuando debería haberle dejado más tiempo para sí misma. Y lo que tenían delante, en las riberas del Canal de la Mancha, era sólo un motivo menor en un diseño más amplio. Ella ya lo preveía. Reñirían, harían las paces o las harían a medias, la engatusaría para que volviera a la habitación y allí de nuevo depositaría en ella sus expectativas. Y ella volvería a defraudarlas. No podía respirar. Hacía ocho horas de su matrimonio y cada hora era un peso sobre ella, tanto más pesado porque no sabía cómo describir a Edward estos pensamientos. El dinero, por tanto, tendría que constituir el tema; de hecho, vino de perillas, puesto que ahora él se sulfuró. Dijo:

—El dinero nunca me ha importado, ni el tuyo ni el de nadie.

Ella sabía que era verdad, pero no dijo nada. Él había cambiado de posición y ella veía ahora con claridad su silueta contra el resplandor agónico sobre el agua a su espalda.

—Así que guarda tu dinero, el de tu padre, y gástalo en ti misma. Compra un violín nuevo. No lo malgastes en nada que yo pudiera utilizar.

Su tono era tenso. Ella le había ofendido profundamente, aún más de lo que se había propuesto, pero de momento a ella no le preocupaba, y contribuía a ello el hecho de que no le veía la cara. Hasta entonces nunca habían hablado de dinero. El regalo de boda de su padre habían sido dos mil libras. Ella y Edward habían hablado vagamente de emplearlas en comprar una casa algún día. Él dijo:

–¿Crees que te sonsaqué aquel trabajo? Fue idea tuya. Y no lo quiero. ¿Comprendes? No quiero trabajar para tu padre. Puedes decirle que he cambiado de idea.

–Díselo tú mismo. Estará encantado. Se ha tomado muchas molestias contigo.

–Muy bien. Se lo diré.

Se volvió y se alejó de ella hacia la orilla, y al cabo de unos pasos volvió atrás y lanzó a los guijarros puntapiés de una franca violencia, y algunas piedrecillas de la cascada que levantó en el aire aterrizaron cerca de los pies de Florence. La ira de Edward encendió la de ella, que pensó de pronto que comprendía el problema común: eran demasiado educados, contenidos, timoratos, daban vueltas de puntillas alrededor del otro, murmurando, susurrando, aplazando, accediendo. Apenas se conocían, y nunca se conocerían por culpa del manto de cuasi silencio amigable que acallaba sus diferencias y les cegaba tanto como les ataba. Siempre habían temido discrepar y ahora la cólera de él la estaba liberando a ella. Quería herirle, castigarle para distinguirse de él. Era un impulso tan desconocido en ella, encaminado hacia el escalofrío de la destrucción, que no le opuso resistencia. El corazón le latía fuerte y quería decirle que le odiaba, y estaba a punto de decir estas palabras acerbas y prodigiosas que nunca había pronunciado en su vida cuando él se le adelantó. Había vuelto al punto de partida y juntaba toda su dignidad para reprenderla.

—¿Por qué te has ido? Ha sido injusto, e hiriente.

Injusto. Hiriente. ¡Qué lastimoso!

—Ya te lo he dicho —dijo ella—. Tenía que salir. No aguantaba estar allí contigo.

—Querías humillarme.

—Oh, de acuerdo entonces. Si tú lo dices. Intentaba humillarte. No mereces menos cuando ni siquiera puedes controlarte.

—Eres una perra cuando hablas así.

La palabra fue como la explosión de una estrella en el cielo nocturno. Ahora ella podía decir lo que quisiera.

—Si piensas eso, aléjate de mí. Lárgate, ¿quieres? Edward, por favor, *vete*. ¿No lo comprendes? He venido aquí para estar sola.

Ella sabía que él comprendía que al decir la palabra había ido demasiado lejos y ahora estaba atrapado. Le dio la espalda y tuvo conciencia de que estaba actuando, usando una táctica que siempre había despreciado en sus amigas más expansivas. Estaba cansada de la conversación. En el mejor de los casos, sólo serviría para repetir las mismas maniobras silenciosas. A menudo, cuando se sentía infeliz se preguntaba qué era lo que más le gustaría estar haciendo. En aquel momento lo supo de inmediato. Se vio a sí misma en el andén a Londres de la estación de Oxford, a las nueve en punto de la mañana, con el estuche del violín en la mano, un fajo de partituras y un haz de lápices afilados en la vieja cartera colegial de lona en bandolera, rumbo a un ensayo con el cuarteto, hacia una cita con la dificultad y la belleza, con problemas que podían resolver unos amigos trabajando juntos. Por el contrario, allí, con Edward, no concebía ninguna solución, a menos que ella le hiciera la propuesta, y ahora no supo si tendría el valor. Qué atada estaba, con su vida uncida a la de aquel extraño de un villorrio de las Chiltern Hills que conocía los nombres de las flores silvestres y de los cultivos y de todos los reyes y papas medievales. Y qué extraordinario le parecía ahora haber elegido ella misma aquella situación, aquel embrollo.

Seguía de espaldas. Presintió que él se le había acercado, se lo imaginó justo detrás de ella, con las manos colgando fláccidas a los costados, abriendo y cerrando suavemente los dedos mientras sopesaba la posibilidad de tocarle el hombro. De la compacta oscuridad de las colinas, directamente desde la otra orilla de Fleet, llegaba la canción de un solo pájaro,

166

aflautada y serpeante. De lo bonita que era la canción y de la hora en que la cantaba, Florence habría
deducido que era un ruiseñor. Pero ¿los ruiseñores
vivían a la orilla del mar? ¿Cantaban en julio? Él lo
sabría, pero ella no estaba de humor para pregun-
társelo. Él dijo, con toda naturalidad:

–Te quería, pero lo haces tan difícil.

Guardaron silencio, envueltos en las insinuacio-
nes del pretérito imperfecto. Al final ella dijo, con
un tono interrogante:

–¿Me *querías?*

Él no rectificó. Quizá él tampoco fuese tan
malo para la táctica. Se limitó a decir:

–Podríamos estar tan libres juntos, podríamos
estar en el paraíso. Y, en vez de eso, este desastre.

Esta verdad sencilla desarmó a Florence, al igual
que el cambio a un tiempo verbal más esperanzador.
Pero la palabra «desastre» la devolvió a la inmunda
escena en el dormitorio, la tibia sustancia que se secaba en su piel hasta formar una costra crujiente.
Estaba decidida a no permitir que volviese a ocu-
rrirle semejante cosa.

Su respuesta fue neutra:

–Sí.

–¿A qué se refiere el sí?

–Es un desastre.

Hubo un silencio, una especie de punto muer-
to de duración indeterminada, durante el cual escucharon las olas y el canto intermitente del pájaro,

que se había alejado y cuyos trinos más débiles eran aún más claros. Finalmente, como ella se esperaba, él le puso la mano en el hombro. El tacto fue amable y le esparció una calidez por la columna y la región inferior de la espalda. No supo qué pensar. Le desagradó a ella misma el hecho de estar calculando el momento en que debía darse media vuelta, y se vio a sí misma como quizá él la viera, tan desmañada y frágil como su madre, difícil de entender, poniendo pegas cuando podían estar a gusto en el paraíso. De modo que debía facilitar las cosas. Era su deber, su deber conyugal.

Al volverse, se puso fuera del alcance de Edward porque no quería que la besara, no inmediatamente. Necesitaba tener la mente despejada para comunicarle su proyecto. Pero aún estaban lo bastante juntos para que ella distinguiera algunas de sus facciones a la luz escasa. Quizá en aquel momento la luna que ella tenía detrás estuviera parcialmente descubierta. Creyó que él la miraba como solía hacerlo —era una mirada de asombro— cada vez que se disponía a decirle que era hermosa. Ella nunca le creyó realmente y le molestaba que se lo dijera porque él quizá deseaba algo que ella sólo podía negarle. Coartada por este pensamiento, no se decidió a decir lo que quería.

Se sorprendió preguntando:

—¿Es un ruiseñor?

—Es un mirlo.

—¿Por la noche? —dijo ella, sin poder ocultar su decepción.

—Debe de ser un lugar privilegiado. El pobre se está esforzando. —Y añadió—: Como yo.

Ella se rió al instante. Era como si en parte se hubiese olvidado de él, de su naturaleza auténtica, y ahora le veía claramente delante, el hombre al que amaba, el viejo amigo que decía cosas imprevisibles y cautivadoras. Pero fue una risa incómoda, porque se sentía un poco furiosa. Nunca había conocido tales altibajos y virajes bruscos en sus sentimientos, sus estados de ánimo. Y estaba a punto de formular una propuesta que desde un punto de vista era totalmente sensata, y desde otro, con gran probabilidad —no podía estar segura—, completamente ultrajante. Se sintió como si estuviera reinventando la existencia. Estaba condenada a equivocarse.

Espoleado por su risa, él volvió a aproximarse a ella, trató de cogerle la mano y ella se apartó de nuevo. Era crucial pensar claro. Empezó a decir lo que había ensayado mentalmente, la declaración trascendental.

—Sabes que te quiero. Mucho, muchísimo. Y sé que me quieres. Nunca lo he dudado. Y me encanta estar contigo y quiero pasar la vida a tu lado y tú me dices que sientes lo mismo. Todo debería ser sencillo. Pero no lo es..., es un desastre, como tú has dicho. Incluso a pesar de todo este amor. También sé que toda la culpa es mía, y los dos sabemos por qué. Debe de ser ya bastante evidente para ti que...

Titubeó; él quiso hablar, pero ella levantó la mano.

—Que no tengo remedio, que soy un caso perdido para el sexo. No sólo soy una nulidad, sino que no parece que lo necesite como otras personas, como tú. Simplemente es algo que no forma parte de mi ser. No me gusta, no me gusta pensar en ello. No sé por qué es así, pero creo que no va a cambiar. Y si no digo esto ahora vamos a estar siempre combatiéndolo y te va a hacer muy infeliz y a mí también.

Esta vez, cuando ella hizo una pausa, él guardó silencio. Estaba a dos metros de distancia, él no era más que una silueta muy quieta. Ella tuvo miedo y se forzó a proseguir.

—Quizá debería psicoanalizarme. Quizá lo que necesito de verdad es matar a mi madre y casarme con mi padre.

Esta broma nimia y valiente, que ella había pensado antes, para suavizar su mensaje o para que sonara menos de otro mundo, no arrancó una reacción de Edward. Formaba una figura de dos dimensiones contra el mar, indescifrable y absolutamente inmóvil. Con un movimiento inseguro y ondulante, ella se llevó una mano a la frente para retirar un imaginario pelo suelto. En su nerviosismo empezó a hablar más rápido, aunque articulaba con claridad las palabras. Como un patinador sobre un hielo que se funde, aceleró para salvarse de morir ahogada. Apresuraba las frases, como si la velocidad bastara para generar sentido, como si pudiera propulsar también a Edward para que dejara atrás las contradicciones, imprimirle un viraje tan veloz sobre la curva de su intención que él se quedara sin reparos que oponer. Como no arrastraba las palabras, por desgracia parecía enérgica, cuando en realidad estaba al borde de la desesperación.

–Lo he pensado detenidamente y no es tan estúpido como parece. Como la primera vez que lo oyes, me refiero. Nos queremos: es un hecho. Ninguno de los dos lo duda. Sabemos ya que nos hacemos felices. Ahora somos libres de elegir por nuestra cuenta, de vivir nuestra vida. En realidad, nadie puede decirnos cómo debemos vivir. ¡Somos muy libres! Y la gente vive hoy de muchas maneras distintas, vive de acuerdo con sus propias normas y principios, sin tener que pedir permiso a nadie. Mamá conoce a dos homosexuales que viven juntos en un piso, como marido y mujer. Dos hombres. En Oxford, en Beaumont Street. Son muy discretos al respecto. Los dos son profesores en Christ Church. Nadie les molesta. Y nosotros también podemos establecer nuestras normas. En realidad puedo decir esto porque sé que me quieres. Quiero decir lo siguiente: Edward, te quiero, y no tenemos que ser como todos, o sea, nadie, nadie en absoluto..., nadie sabría lo que hemos hecho o no. Estaríamos juntos, viviríamos juntos, y si tú quisieras, quisieras realmente, es decir, siempre que ocurriera, y por supuesto ocurriría, yo lo entendería, más que entenderlo, lo querría, lo querría porque quiero que seas libre y feliz. Nunca estaría celosa, siempre que supiera que me quieres. Yo te amaría y haría música, es todo lo que quiero hacer en la vida. En serio. Sólo quiero estar contigo, cuidarte, ser feliz contigo y trabajar con el cuarteto y un día tocar algo, algo bello para ti, como la pieza de Mozart, en el Wigmore Hall.

Se detuvo en seco. No había tenido intención de hablar de sus ambiciones musicales, y pensó que había sido un error.

Él hizo un ruido entre dientes, más parecido a un silbido que a un suspiro, y cuando habló produjo una especie de gañido. Su indignación era tan virulenta que sonó como un triunfo.

—¡Dios mío! Florence. ¿Lo he entendido bien? ¡Quieres que vaya con otras mujeres! ¿Es eso?

Ella dijo, en voz baja:

—No, si no quisieras hacerlo.

—Me estás diciendo que podría hacerlo con cualquiera que me gustara, excepto contigo.

Ella no contestó.

—¿Te has olvidado de que nos hemos casado hoy? No somos dos maricas que viven en secreto en Beaumont Street. ¡Somos marido y mujer!

172

Las nubes más bajas volvieron a separarse y, aunque no había luz de luna directa, un resplandor débil, difundido a través de estratos más altos, se desplazó sobre la playa e iluminó a la pareja de pie junto al gran árbol caído. En su furor, Edward se agachó para recoger una piedra grande y lisa que estrelló contra su palma derecha y luego contra la izquierda.

Estaba a punto de gritar ahora.

–¡Te adoraré con mi cuerpo! Es lo que has prometido hoy. Delante de todo el mundo. ¿No te das cuenta de lo asquerosa y ridícula que es tu idea? Y qué insultante. ¡Es un insulto para mí! Quiero decir, decir... –buscaba las palabras–, ¿cómo te *atreves?*

Dio un paso hacia ella, con la piedra en la mano levantada, y después se volvió y en su frustración la lanzó hacia el mar. Antes de que cayera, justo al borde de la línea del agua, volvió la cabeza hacia Florence.

–Me engañaste. En realidad, eres un fraude. Y sé exactamente qué otra cosa eres. ¿Sabes lo que eres? Eres frígida, eso es lo que eres. Completamente frígida. Pero pensaste que necesitabas un marido, y yo fui el primer puñetero idiota que se presentó.

Ella sabía que no se había propuesto engañarle, pero todo lo demás, en cuanto él lo dijo, parecía totalmente cierto. Frígida, la horrible palabra: comprendió que le era aplicable. Ella era exactamente lo que significaba la palabra. Su propuesta era repulsiva: ¿cómo podía ella no haberlo visto antes? Y un insulto evidente. Y lo peor de todo era que había quebrantado sus promesas, formuladas en público, en una iglesia. En cuanto él se lo dijo, todo encajó a la perfección. Era un ser despreciable, tanto para ella misma como para él.

No tenía nada más que decir y abandonó la protección del árbol vomitado por la marea. Para emprender el regreso hacia el hotel, tenía que pasar por delante de Edward, y cuando lo estaba haciendo se paró delante y dijo, con poco más que un susurro:

—Lo siento, Edward. Lo siento inmensamente.

Hizo una pausa, se demoró un momento a la espera de una respuesta y siguió su camino.

Las palabras de Florence, su particular construcción arcaica, le perseguirían durante un largo tiempo. Despertaba de noche y las oía, u oía algo parecido a su eco, y oía su tono ansioso y doliente, y gemía al recordar aquel momento, su propio silencio y la rabia con que se apartó de ella y después estuvo otra hora más en la playa, saboreando la delicia absoluta de la injuria, el agravio y el insulto que ella le había infligido, elevado por una sensiblera concepción de sí mismo como alguien que saludable y trágicamente estaba en lo cierto. Recorrió de arriba abajo el guijarral agotador, tirando piedras al mar y gritando obscenidades. Después se desplomó junto al árbol y se sumió en un ensueño de piedad por sí mismo hasta que de nuevo pudo enardecer la ira. Se quedó en la orilla pensando en Florence, y en su distracción las olas le mojaron los zapatos. Por último regresó caminando despacio por la playa, y se detuvo muchas veces a emitir mentalmente una sentencia severa e imparcial que daba plena satisfacción a su pleito. En su infortunio, casi se sentía noble.

Cuando llegó al hotel, ella ya había recogido su fin de semana y se había ido. No dejó ninguna nota en la habitación. En la recepción él habló con los dos mozos que les habían servido la cena en el carrito. Aunque no se lo dijeron, se mostraron visiblemente sorprendidos de que él no supiera que un familiar había caído enfermo y su mujer había sido reclamada con urgencia en su casa. El subdirector había tenido la amabilidad de llevarla en automóvil a Dorchester, donde ella confiaba en tomar el último tren y hacer un transbordo posterior para Oxford. Cuando Edward se volvió para subir a la suite nupcial, no vio la mirada elocuente que intercambiaron los dos jóvenes, pero se la imaginó perfectamente.

Pasó desvelado el resto de la noche en la cama de cuatro postes, totalmente vestido y todavía furioso. Sus pensamientos se perseguían en un baile circular, en un delirio de constante retorno. Casarse con él, después repudiarle, era monstruoso, quería que él saliese con otras mujeres, quizá quisiera mirar, era una humillación, era increíble, decía que le amaba, él apenas le había visto alguna vez los pechos, le engañó para que se casaran, ni siquiera sabía besar, le había embaucado, le había estafado, nadie debía saberlo, tenía que ocultar aquel vergonzoso secreto, que ella se había casado con él y después le había repudiado, era monstruoso...

Justo antes del amanecer se levantó, fue a la sala y, de pie detrás de la silla, rascó la salsa solidificada de su plato de carne con patatas y se las comió. A continuación vació el plato de Florence, sin importarle de quién fuese el plato. Después se comió todos los bombones de menta y después el queso. Abandonó el hotel cuando despuntaba el alba y recorrió con el cochecito de Violet Ponting kilómetros de carreteras estrechas con setos altos, mientras entraba por la ventanilla abierta el olor de boñiga reciente y de hierba segada, hasta que accedió a la desierta carretera principal a Oxford.

Dejó el coche delante de la casa de los Ponting con las llaves de contacto puestas. Sin echar una ojeada a la ventana de Florence, atravesó deprisa la ciudad, con la maleta en la mano, para atrapar un tren temprano. Aturdido por la extenuación, recorrió andando el largo trayecto desde Henley a Turville, tomando la precaución de evitar el itinerario que había seguido Florence el año anterior. ¿Por qué habría de remedar sus pasos? Al llegar a casa se negó a dar una explicación a su padre. Su madre ya se había olvidado de que estaba casado. Las gemelas le acosaron a preguntas y especulaciones sagaces. Las llevó al fondo del jardín y obligó a Harriet y a Anne a jurar solemnemente y por separado, con la mano en el corazón, que nunca volverían a mencionar el nombre de Florence.

Una semana más tarde supo por su padre que la señora Ponting había organizado eficientemente la devolución de todos los regalos de boda. Lionel y Violet iniciaron entre los dos unos discretos trámites de divorcio a causa de la no consumación del matrimonio. A instancia de su padre, Edward redactó una carta formal a Geoffrey Ponting, presidente de Ponting Electronics, en la que lamentaba haber «cambiado de opinión» y, sin mencionar a Florence, presentaba sus disculpas, su dimisión y se despedía en pocas palabras.

Aproximadamente un año más tarde, cuando su ira había amainado, el orgullo le seguía impidiendo buscarla o escribirle. Temía que Florence estuviese con otro y, no teniendo noticias de ella, llegó a convencerse de que así era. Hacia el final de aquella celebrada década, cuando su vida sufrió la presión de todas las nuevas emociones, libertades y modas, así como del caos de numerosas aventuras amorosas –llegó a poseer por fin una pericia razonable–, pensaba a menudo en la extraña propuesta de Florence y ya no le parecía tan ridícula, y desde luego nada repugnante o injuriosa. En las nuevas circunstancias reinantes, parecía una propuesta liberada y adelantada a su tiempo, inocentemente generosa, y un acto de sacrificio personal que él no había comprendido en absoluto. «¡Vaya oferta, tío!», podrían haberle dicho sus amigos, aunque nunca habló con nadie de aquella noche. Por entonces, a finales de los sesenta, vivía en Londres. ¿Quién habría vaticinado unas transformaciones semejantes: el súbito inocente enaltecimiento del placer sensual, la predisposición sin complicaciones de tantas mujeres hermosas? Edward vagó durante aquellos breves años como un niño confuso y feliz, indultado de un castigo duradero, sin apenas dar crédito a su buena suerte. Quedaban atrás la colección de tomitos de historia y todos los proyectos académicos serios, aunque no tuvo ningún objetivo especial a la hora de tomar una decisión firme sobre su futuro. Como el pobre Sir Robert Carey, salió de la historia para vivir confortablemente en el presente.

Participó en la organización de diversos festivales de rock, contribuyó a abrir en Hampstead un local de alimentos naturales, trabajó en una tienda de discos, no lejos del canal de Camden Town, escribió crónicas de rock para pequeñas revistas, tuvo una sucesión caótica de amantes que se traslapaban, viajó por Francia con una mujer que se convirtió en su esposa durante tres años y medio y vivió en París con ella. Llegó a ser copropietario de la tienda de discos. Estaba demasiado atareado para leer periódicos y, además, por un tiempo observó la actitud de que nadie podía confiar realmente en la prensa «seria», porque todo el mundo sabía que la controlaban los intereses de Estado, militares o económicos, opinión de la que Edward renegó más adelante.

Aunque por entonces hubiera leído los periódicos, habría sido improbable que hubiera hojeado las páginas dedicadas a las artes, las largas y sesudas críticas de conciertos. Su exiguo interés por la música clásica había capitulado totalmente ante el rock and roll. Así que nunca se enteró del debut triunfal del cuarteto Ennismore en el Wigmore Hall, en julio de 1968. El crítico del *Times* celebró la llegada de «sangre nueva, de pasión juvenil a la escena actual». Alabó la «perspicacia, la intensidad reflexiva, la manera incisiva de tocar» que sugería «una asombrosa madurez musical en intérpretes que aún no habían cumplido los treinta. Dominan con una soltura magistral todo el abanico de efectos armónicos y dinámicos, y la rica composición de contrapunto que caracteriza el último estilo de Mozart. Su quinteto en re mayor nunca ha sido ejecutado con tanta sensibilidad». Al final de la crónica destacaba al primer violín, la directora. «Siguió un adagio de una expresividad abrasadora, consumada belleza y potencia espiritual. La señorita Ponting, por la ternura cadenciosa de su tono y la delicadeza lírica de su fraseo, tocó, si se me permite la expresión, como una mujer enamorada, no sólo de Mozart o de la música, sino de la vida misma.»

Y aunque Edward hubiera leído esta reseña, no habría podido saber –la única que lo sabía era Florence– que cuando se encendieron las luces de la sala y los jóvenes intérpretes se levantaron, deslumbrados, para agradecer los clamorosos aplausos, la primera violinista no pudo evitar que su mirada se dirigiese al centro de la tercera fila, al asiento 9C.

Años después, cada vez que Edward pensaba en ella o hablaba mentalmente con ella, o imaginaba que le escribía o que se la encontraba en la calle, se le antojaba que hacer un relato de su propia vida le habría llevado menos de un minuto, menos de la mitad de una página. ¿Qué había hecho de sí mismo? Se había dejado llevar por la corriente, medio dormido, poco atento, sin ambición, sin seriedad, sin hijos, confortable. Sus logros modestos eran sobre todo materiales. Poseía un estudio diminuto en Camden Town, era propietario a tiempo compartido de una casa de campo de dos habitaciones en Auvergne y de dos tiendas de discos especializadas en jazz y rock and roll, negocios precarios que poco a poco iban socavando las ventas por Internet. Suponía que los amigos le consideraban un buen amigo y había vivido una buena época, una época loca, sobre todo los primeros años. Era padrino de cinco niños, aunque no empezó a desempeñar esta función hasta que ellos frisaban o acababan de sobrepasar los veinte años.

En 1976 murió la madre de Edward y cuatro años más tarde él se instaló en la casita para cuidar a su padre, aquejado de la enfermedad de Parkinson, que progresaba rápidamente. Harriet y Anne, casadas y con hijos, vivían fuera. A la sazón, Edward tenía cuarenta años y un matrimonio fracasado a la espalda. Viajaba a Londres tres veces por semana para ocuparse de las tiendas. Su padre murió en casa en 1983 y fue enterrado al lado de su mujer en el cementerio de Pishill. Edward se quedó como inquilino en la casa paterna: sus hermanas eran ahora las propietarias legales. Al principio utilizó el lugar como un refugio de Camden Town, y después, a principios de los años noventa, se mudó allí para vivir solo. Físicamente, Turville Heath, o el rincón que él ocupaba, no era muy distinto del hogar en que había crecido. En lugar de labradores o artesanos, tenía por vecinos a propietarios de segundas residencias o trabajadores que se desplazaban a diario a la ciudad, pero todos ellos eran amistosos. Y Edward nunca se habría considerado una persona infeliz: entre sus amistades de Londres había una mujer a la que tenía mucho afecto; ya entrado en los cincuenta jugaba al críquet en el Turville Park, era un miembro activo de una sociedad de historia de Henley y participó en la restauración de los arriates de berros de Ewelme. Dos días al mes trabajaba para una fundación con sede en High Wycombe que ayudaba a niños con lesiones cerebrales.

Incluso sesentón, un hombre grande y corpulento, con el pelo blanco surcado de entradas y una cara rosada y saludable, conservaba el hábito de las caminatas. Su paseo diario aún incluía la avenida de tilos, y con buen tiempo emprendía un trayecto circular para observar las flores silvestres en el terreno comunal de Maidensgrove o las mariposas en la reserva natural de Bix Bottom, y volvía a través de los hayedos a la iglesia de Pishill, donde pensaba que a él también le sepultarían algún día. Alguna que otra vez, llegaba hasta una bifurcación de caminos en lo profundo de un hayedo y pensaba ociosamente que allí debió de ser donde ella se había parado para consultar su mapa aquella mañana de agosto, y se la imaginaba nítidamente, sólo a unos pocos centímetros y cuarenta años después, determinada a encontrarle. O se detenía delante de una vista del valle de Stonor y se preguntaba si sería allí donde ella había hecho un alto para comer la naranja. Al final se confesaba a sí mismo que nunca había conocido a nadie a quien hubiese amado tanto, que nunca había encontrado a nadie, hombre o mujer, que igualase la seriedad de Florence. Quizá si se hubiera quedado con ella se habría concentrado más en su vida y ambiciones y habría podido escribir aquellos libros de historia. Aunque no era lo que a él le gustaba, sabía que el cuarteto Ennismore era eminente y seguía siendo un conjunto venerado en el campo de la música clásica. Nunca iba a los conciertos ni compraba

–ni siquiera los miraba– los álbumes de grabaciones de Beethoven o Schubert. No quería ver la fotografía de Florence y descubrir la obra de los años ni saber detalles de su vida. Prefería conservarla como era en sus recuerdos, con el diente de león prendido en el ojal y la diadema de terciopelo, la bolsa de lona en bandolera y el hermoso rostro de huesos fuertes, con su sonrisa amplia y sin malicia.

Cuando pensaba en ella, lo hacía con cierto asombro de haber dejado escapar a aquella chica del violín. Ahora, por supuesto, veía que la propuesta retraída de Florence era totalmente intrascendente. Lo único que ella había necesitado era la certeza de que él la amaba y la tranquilidad de que él le hubiera dicho que no había prisa porque tenían toda la vida por delante. Con amor y paciencia –ojalá hubiera él tenido las dos cosas a un tiempo– sin duda los dos habrían salido adelante. Y entonces, ¿qué hijos no nacidos habrían podido tener oportunidades, qué niña con una diadema podría haberse convertido en un familiar querido? De este modo podía cambiarse por completo el curso de una vida: no haciendo nada. En Chesil Beach podría haber llamado a Florence, podría haberla seguido. No supo, o no había querido saberlo, que al huir de él, convencida en su congoja de que estaba a punto de perderle, nunca le había amado más, o con menos esperanza, y que el sonido de su voz habría sido una liberación para ella, y habría vuelto. Pero él guardó un frío y ofendido silencio en el atardecer de verano y observó la premura con que ella recorría la orilla y cómo las olitas que rompían acallaban el sonido del avance trabajoso de Florence hasta que sólo fue un punto borroso y decreciente contra la inmensa vía recta de guijarros relucientes a la luz pálida.

Los personajes de esta novela son ficticios y no guardan ningún parecido con personas vivas o muertas. El hotel de Edward y Florence —casi dos kilómetros al sur de Abbotsbury, Dorset, que ocupa una posición elevada en un campo, detrás del aparcamiento de la playa— no existe.

ÍNDICE